DUAS DAMAS
BEM-COMPORTADAS

CB067070

Jane Bowles

DUAS DAMAS
BEM-COMPORTADAS

Apresentação de Truman Capote

Tradução de Lya Luft

L&PMCLÁSSICOS**MODERNOS**

Texto de acordo com a nova ortografia.
Título original: *Two Serious Ladies*
Este livro foi publicado pela L&PM Editores, em formato 14x21 cm, em 1984

Tradução: Lya Luft
Capa: Ivan Pinheiro Machado. *Ilustração*: iStock
Revisão: Lia Cremonese

CIP-Brasil. Catalogação na publicação
Sindicato Nacional dos Editores de livros, RJ

B783d

Bowles, Jane, 1917-1973
 Duas damas bem-comportadas / Jane Bowles; apresentação de Truman Capote; tradução de Lya Luft. – Porto Alegre [RS]: L&PM, 2019.
 200 p. ; 20 cm. (Coleção L&PM Clássicos Modernos)

 Tradução de: *Two Serious Ladies*
 ISBN 978-85-254-3836-2

 1. Ficção americana. I. Capote, Truman. II. Luft, Lya. III. Título.

19-56428   CDD: 813
              CDU: 82-3(73)

Vanessa Mafra Xavier Salgado - Bibliotecária - CRB-7/6644

Copyright © 1943, Rodrigo Rey Rosa
All rights reserved

Todos os direitos desta edição reservados a L&PM Editores
Rua Comendador Coruja, 314, loja 9 – Floresta – 90.220-180
Porto Alegre – RS – Brasil / Fone: 51.3225.5777

PEDIDOS & DEPTO. COMERCIAL: vendas@lpm.com.br
FALE CONOSCO: info@lpm.com.br
www.lpm.com.br

Impresso no Brasil
Outono de 2019

Apresentação

Truman Capote

Deve fazer sete, oito anos que não vejo a lenda moderna chamada Jane Bowles; nem tive notícias dela, ao menos não diretamente. Mas tenho certeza de que ela não mudou; na verdade, contaram-me pessoas que recentemente viajaram à África do Norte, e a viram ou sentaram-se com ela num penumbroso café de casbá, que é verdade; e que Jane, com sua cabeça encaracolada de dália, seu nariz arrebitado e os olhos de brilho travesso, levemente estrábicos, sua voz muito original (um soprano rouco), as roupas de rapaz, o corpo de menina de colégio, e seu andar vagamente manco, é praticamente a mesma de quando a conheci, há mais de vinte anos: mesmo então ela parecia um eterno moleque, sedutora como a mais sedutora das pessoas não adultas, mas com alguma substância mais fria que sangue correndo nas veias, e com uma argúcia, uma sabedoria que nem mesmo a mais singular criança-prodígio jamais possuiu.

Quando conheci a sra. Bowles (1944? 1945?), ela já era uma personalidade famosa em certos meios: embora apenas na casa dos vinte anos, publicara um romance muito peculiar e comentado, *Duas damas bem-comportadas*; casara-se com o talentoso compositor e escritor Paul Bowles, e, com o marido, vivia numa pensão encantadora, instalada em Brooklyn Heights pelo falecido George Davis. Entre os colegas de pensão dos Bowles estavam Richard e Ellen Wright, W.H. Auden, Benjamin Britten, Oliver Smith, Carson McCullers, Gipsy Rose Lee, e (parece que me lembro) um treinador de chimpanzés que morava lá com uma de suas estrelas. De qualquer modo, uma casa incrível. Mas mesmo num grupo tão forte, a sra. Bowles era uma presença imperiosa, de boca de cena, devido ao absoluto fascínio de sua candura de bichinho divertido e sua felina sofisticação.

Jane Bowles é uma linguista competente: fala com absoluta precisão francês, espanhol e árabe – talvez por isso os diálogos em seus textos soem, ao menos para mim, como se fossem traduzidos para o inglês de alguma deliciosa combinação de outros idiomas. Mais ainda, essas linguagens são frutos de autoaprendizado, produto da natureza nômade da sra. Bowles: de Nova Iorque ela andou por toda a Europa, partiu de lá e da guerra iminente para a América Central e México, depois estabeleceu-se algum tempo naquele histórico grupo de Brooklyn Heights. Desde 1947, morou quase constantemente no exterior; em Paris, ou no Ceilão, mais tempo ainda em Tânger – na verdade, tanto Jane como Paul Bowles hoje em dia podem ser descritos, sem medo de erro, como tangerinos, tal foi a sua adesão àquele porto marítimo escarpado, feito de sombras e brancuras. Tânger compõe-se de duas partes incongruentes, uma delas uma área moderna, monótona, cheia de edifícios de escritórios e altas casas meio arruinadas; a outra é um casbá que desce por um quebra-cabeças medieval de ruelas e alcovas e praças repassadas do aroma de *kif* e menta, até o porto cheio de marujos e sirenes de navios. Os Bowles estabeleceram--se nos dois setores – eles têm um apartamento esterilizado, *tout confort*, no bairro mais novo, e também um refúgio escondido na vizinhança árabe, mais escura: uma casa nativa, que deve ser uma das menores moradias na cidade – tetos tão baixos que a gente precisa mover-se quase literalmente de quatro para passar de um quarto a outro; mas os aposentos em si são como uma série de encantadores Vuillards* do tamanho de cartões-postais – almofadas mouras espalhadas sobre tapetes de padrão mourisco, tudo tão atraente como uma torta de framboesas, e iluminado por uma profusão de lampiões e janelas deixando entrar a luz dos céus marinhos e paisagens que incluem minaretes, navios e os telhados azul-pálidos das moradias nativas, descambando para a praia ruidosa, como uma escadaria espectral. Ao menos, é assim

---

* Pintor francês neoimpressionista, 1868-1940. (N.T.)

que eu lembro tudo isso, de uma só visita feita num pôr do sol, certa tarde, há quinze anos.

Uma linha de Edith Sitwell: *Jane, Jane, the morning light creacks down again*... É de um poema de que sempre gostei sem entender tudo direito, como frequentemente acontece com essa autora. A não ser que "*morning light*" seja uma imagem, significando a memória (?). Minhas lembranças mais felizes de Jane Bowles giram em torno de um mês passado em quartos vizinhos, num hotel agradavelmente decadente na Rue du Bac, num inverno gélido em Paris – janeiro de 1951. Muitas noites frias passamos no confortável quarto de Jane (lotado de livros, jornais, coisas de comer e um cachorrinho pequinês branco e vivo, comprado de um marinheiro espanhol); longas noites que passávamos escutando um fonógrafo e tomando aguardentes de maçã quente, enquanto Jane preparava cozidos de carne maravilhosos, com muito molho, num fogãozinho elétrico: ela é uma boa cozinheira, sim senhor, e uma espécie de comilona, como se suspeita através de suas histórias, cheias de relatos sobre comida e seus ingredientes. Cozinhar é apenas um de seus talentos extracurriculares; ela também é uma mímica assustadoramente boa e pode recriar, com nostálgica admiração, as vozes de certas cantoras – por exemplo, Helen Morgan, e sua amiga bem chegada, Libby Holmann. Anos depois escrevi um conto chamado "Among the Paths to Eden" [Nas trilhas do Éden], no qual, sem me dar conta disso, atribuí à heroína várias características de Jane Bowles: aquele caminhar hesitante de pernas duras, os óculos, suas habilidades brilhantes e pungentes como mímica. ("Ela esperou, como se esperasse que a música lhe viesse à cabeça. Depois, '*Don't ever leave me, now that you're here! Here is where you belong. Every thing seems so right when you're near, when you're away it's all wrong*'. E o sr. Bello levou um choque porque o que estava escutando era exatamente a voz de Helen Morgan, e a voz, com aquela frágil doçura, refinamento, as notas agudas ternas trêmulas cambaleantes, não parecia emprestada, mas pertencente a Mary O'Meaghan, expressão natural de alguma identidade isolada.") Eu não tinha a sra.

Bowles em mente ao inventar Mary O'Meaghan – personagem com a qual ela não se parece nem de longe; mas o fato de um fragmento dela emergir daquela maneira comprova a forte impressão que Jane causara em mim.

Naquele inverno Jane trabalhava em *In the Summer House*, peça mais tarde produzida em Nova Iorque com tamanha sensibilidade. Não sou muito ligado a teatro: em geral não consigo assistir por inteiro à maioria das peças; mesmo assim, vi *In the Summer House* três vezes, não apenas por lealdade para com a autora, mas porque havia, na peça, um humor torturado, um sabor de bebida amarga mas refrescante, nunca antes experimentada – mesmas qualidades que desde logo me tinham atraído no romance da sra. Bowles, *Duas damas bem-comportadas*.

Minha única queixa contra a sra. Bowles não é que à sua obra falte qualidade, apenas quantidade. O presente volume* é, por assim dizer, ela inteira. E, embora gratos por termos isso, quereríamos mais. Uma vez, quando falávamos sobre um colega, alguém mais tratável do que nós, Jane disse: "Mas para ele é tão fácil. Basta mover a mão. Simplesmente, mover a mão". Realmente, escrever nunca é fácil: caso alguém não saiba, é o trabalho mais duro que existe; e acho que para Jane era difícil a ponto de doer fisicamente. Por que não? Se tanto sua linguagem quanto seus temas são perseguidos por veredas atormentadas e pedreiras: as relações nunca completadas entre suas personagens, os desconfortos físicos e mentais com que as rodeia e satura – cada aposento é uma atrocidade, e a paisagem urbana uma criação de frios neons. Ainda assim, embora a visão trágica predomine em sua concepção, Jane Bowles é uma escritora muito engraçada, uma espécie de humorista – mas não da escola do Humor Negro, por falar nisso. A Comédia Negra, como a rotulam seus perpetradores, quando bem-sucedida é toda ela um encantador artifício, sem sinal de compaixão. Mas "Camp Cataract", na minha opinião a mais perfeita história da sra. Bowles, a mais representativa de sua

---

* Referência a *The Collected Works*, de Jane Bowles, volume no qual esta apresentação foi publicada. (N.T.)

obra, é um exemplo lacerante de compaixão controlada: uma cômica história de perdição, que tem no centro, ou tem como centro, a mais sutil compreensão da excentricidade e da solidão humanas. Só esse texto já nos faria concordar com o alto conceito de que Jane Bowles desfruta.

Julho 1966

ÁGUAS OLEOSAS
BEM COMPORTADAS

DUAS DAMAS
BEM-COMPORTADAS

Para Paul, Mamãe, Helvetia

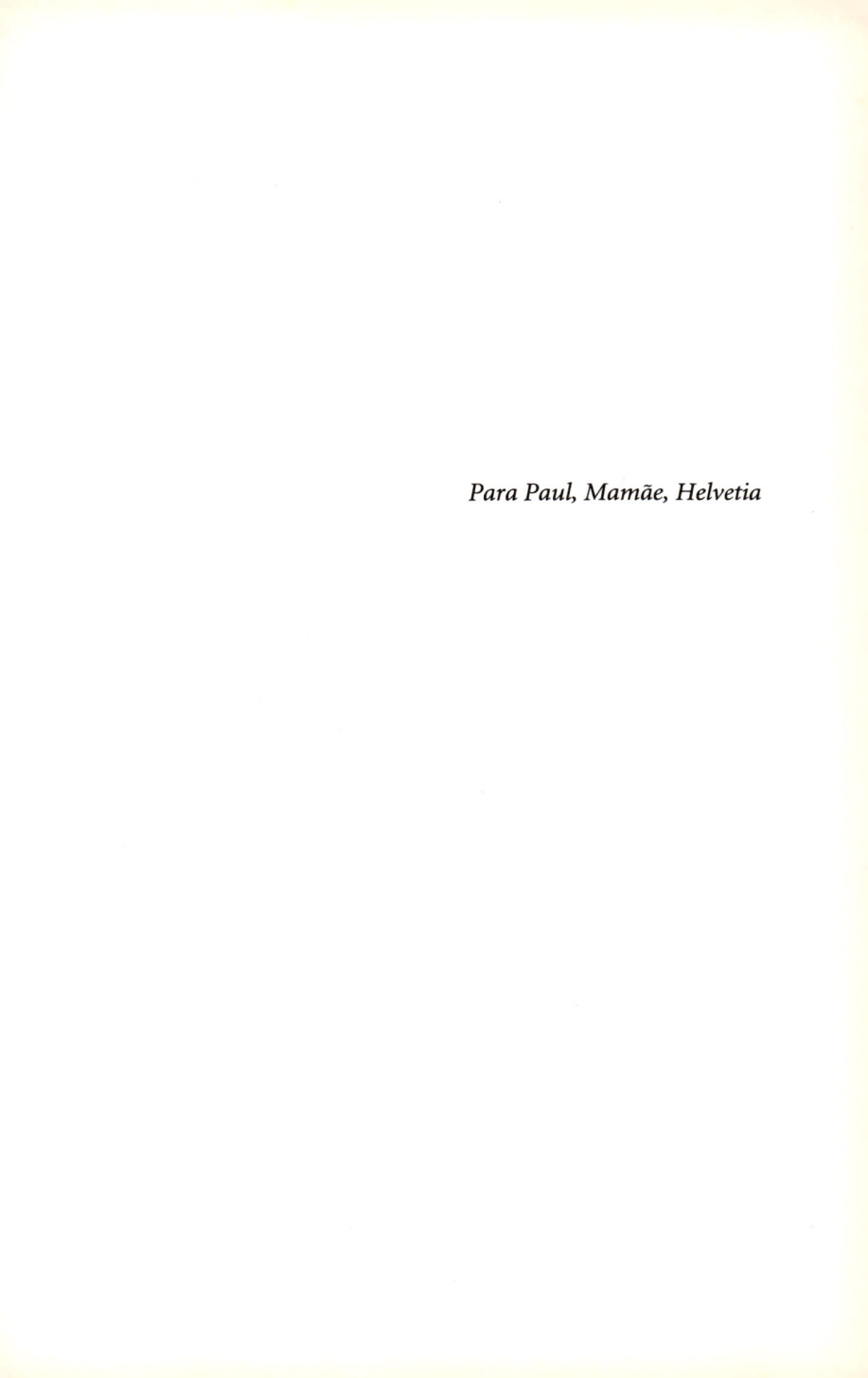

1

O pai de Christina Goering era um industrial americano, descendente de alemães, e sua mãe uma dama de Nova Iorque, de família muito distinta. Christina passou a primeira metade da vida numa casa lindíssima (a cerca de uma hora da cidade), que herdara da mãe. Nessa casa ela fora criança, com a irmã, Sofia.

Quando Christina era menina, as outras não gostavam dela. Ela nunca sofrera por isso, pois mesmo bem pequena levava uma intensa vida interior, que limitava a tal ponto seus contatos com as coisas exteriores que ela jamais pegara nenhum dos maneirismos em voga, e aos dez anos as outras meninas já a consideravam antiquada. Mesmo então, já exibia a expressão de certos fanáticos que se julgam líderes sem conseguirem o respeito de quem quer que seja.

Ideias que jamais ocorreriam às suas companheiras a perturbavam terrivelmente, e ela aceitava na sociedade uma posição que qualquer outra criança julgaria insuportável. De vez em quando alguma colega se compadecia dela e tentava fazer-lhe companhia por algum tempo, mas, longe de sentir gratidão, Christina tentava convencer a nova amiga ao culto daquilo em que ela própria acreditasse de momento.

Em compensação, sua irmã, Sofia, era muito admirada na escola. Mostrava grande talento para escrever poesia e andava sempre com uma menininha quieta chamada Mary, dois anos mais moça.

Aos treze anos, Christina tinha cabelo bem vermelho (na idade adulta ele continuava quase do mesmo tom), as faces eram rosadas e encardidas, e o nariz mostrava traços de nobreza.

Naquele ano Sofia trouxe Mary para casa quase diariamente para o lanche. Quando terminavam de comer, levava Mary a passear pelo bosque, levando um cesto cada uma delas, para trazerem flores. Sofia não deixava Christina participar desses passeios.

– Você precisa descobrir uma coisa sua para fazer – dizia. Mas para Christina era difícil pensar em fazer qualquer coisa que lhe agradasse. Estava então submetida a muitos conflitos mentais, em geral de natureza religiosa, e preferia ficar com outras pessoas e organizar jogos. Eram em geral jogos muito moralizantes e frequentemente envolviam Deus. Contudo, ninguém os apreciava, e era obrigada a passar sozinha boa parte do dia. Uma ou duas vezes tentou ir ao bosque por sua conta para apanhar flores, imitando Mary e Sofia, mas cada vez, com medo de não pegar flores suficientes para um ramo bonito, levava tantos cestos que tudo se tornava muito mais aborrecimento do que prazer.

Christina desejava muito passar uma tarde sozinha com Mary. Numa tarde cheia de sol, Sofia entrou em casa para a lição de piano, e Mary ficou sentada na relva. Christina, que vira isso, perto dali, correu para dentro de casa, coração pulsando de excitação. Tirou os sapatos e ficou apenas de combinação branca e curta. Não era uma visão muito bonita, pois naquela época Christina era muito pesada, as pernas bem gordas. (Era impossível prever que mais tarde seria uma dama alta e elegante.) Ela correu pelo gramado e pediu a Mary que a olhasse enquanto dançava.

– Não tire os olhos de mim – disse. – Vou fazer uma dança de culto ao sol. Depois vou lhe mostrar por que prefiro Deus sem sol, ao sol sem Deus. Você entende?

– Sim – disse Mary. – Vai dançar agora?

– Vou, bem aqui. – Christina começou a dançar, abruptamente, uma dança desajeitada, com gestos inseguros. Quando Sofia saiu de casa, ela estava correndo para diante e para trás, mãos postas em oração.

– O que é que ela está fazendo? – indagou Sofia a Mary.

– Acho que é uma dança do sol – disse Mary. – Ela me mandou sentar aqui e ficar olhando.

Sofia andou até onde Christina estava agora, girando e girando, e agitando as mãos debilmente no ar.

– Fora! – disse ela, e de repente empurrou Christina para a grama.

Muito tempo depois disso Christina ficou longe de Sofia, e, consequentemente, de Mary. Mas teve mais uma oportunidade de estar com Mary, e foi porque Sofia teve uma terrível dor de dente certa manhã, e sua governanta foi obrigada a levá-la imediatamente ao dentista. Sem saber disso, Mary foi até lá de tarde, esperando encontrar Sofia em casa. Christina estava na torre onde as crianças se reuniam muitas vezes, e viu-a chegar pelo caminho.

– Mary – gritou –, suba até aqui. – Quando Mary chegou na torre, Christina perguntou se ela não gostaria de jogar um jogo muito especial. – Chama-se "Perdoo teus pecados" – disse Christina. – Você tem de tirar o vestido.

– É engraçado? – perguntou Mary.

– A gente não brinca para se divertir, mas porque é necessário.

– Tudo bem – disse Mary. – Vou brincar com você. – E tirou seu vestido, e Christina enfiou pela cabeça dela um velho saco de aniagem. Cortou dois buracos nele para Mary poder enxergar, depois amarrou uma corda na sua cintura.

– Venha – disse Christina – e será absolvida de seus pecados. Fique repetindo: "Que Deus perdoe meus pecados".

Então desceu depressa as escadas com Mary, e saiu pelo gramado em direção do bosque. Christina ainda não sabia bem o que ia fazer, mas estava excitadíssima. Chegaram à torrente que varava o bosque. Os barrancos do riacho eram macios e lamacentos.

– Venha até a água – disse Christina. – Acho que é assim que vamos lavar seus pecados. Você vai ter de parar na lama.

– Perto da lama?

– *Dentro* da lama. Seu pecado tem gosto amargo na sua boca? Tem de ter.

– Sim – disse Mary, hesitante.

– Então quer ficar limpa e pura como uma flor, não quer?

Mary não respondeu.

– Se você não se deitar na lama e me deixar botar lama em cima de você, e depois lavar tudo no riacho, estará condenada para sempre. Quer ser condenada para sempre? Tem de decidir isso agora.

Mary ficou parada debaixo do seu capuz preto, sem dizer nada. Christina a empurrou para o chão e começou a cobrir o saco de aniagem com lama.

– A lama é fria – disse Mary.

– O fogo do inferno é quente – disse Christina. – Se me deixar fazer isso, você não vai para o inferno.

Christina estava muito agitada. Seus olhos brilhavam. Ela colocou mais e mais lama em cima de Mary, depois lhe disse:

– Agora você está pronta para ser purificada na água.

– Ah, por favor, não, água não... eu odeio entrar na água. Tenho medo da água.

– Esqueça seu medo. Deus está observando agora, e ainda não se compadeceu de você.

Ela ergueu Mary do chão e entrou na torrente com ela nos braços. Esquecera de tirar seus próprios sapatos e meias. Seu vestido estava coberto de lama. Então ela mergulhou o corpo de Mary na água. Mary olhava para ela pelos buracos no saco de aniagem, e não reagia.

– Três minutos vão bastar – disse Christina. – Vou dizer uma oraçãozinha por você.

– Ah, não faça isso – implorou Mary.

– Claro que sim – disse Christina erguendo os olhos para o céu.

– Bom Deus – disse ela –, torne essa menina Mary pura como Jesus, Seu Filho. Lave seus pecados como a água agora está lavando a lama. Esse saco de aniagem preta prova que ela se considera pecadora.

– Ora, pare – sussurrou Mary. – Ele pode ouvir mesmo se você não falar alto. Você está gritando.

– Acho que os três minutos passaram – disse Christina. – Venha, querida, agora pode levantar.

– Vamos correr para casa – disse Mary. – Estou morta de frio.

Correram para a casa e subiram a escada dos fundos, que levava à torre. Estava quente no quarto da torre, porque todas as janelas estavam fechadas. De repente Christina se sentiu muito doente.

– Vamos – disse a Mary –, vá ao banheiro e limpe-se bem. Eu vou desenhar. – Estava profundamente perturbada. "Acabou", disse para si mesma, "o brinquedo acabou. Vou dizer a Mary que vá para casa quando estiver seca. Vou lhe dar uns lápis de cor para levar junto."

Mary voltou do banho enrolada numa toalha. Ainda tremia. Seu cabelo estava molhado e liso. Seu rosto parecia menor do que normalmente.

Christina desviou os olhos dela.

– O brinquedo acabou – disse –, durou só uns minutos... você devia se secar... eu vou sair. – E saiu do quarto deixando Mary ajeitando melhor a toalha nos ombros.

★

Quando adulta, a srta. Goering não era mais amada do que fora em criança. Agora morava em sua casa fora de Nova Iorque, com sua companheira, srta. Gamelon.

Há três meses a srta. Goering estivera sentada na sala olhando para as árvores nuas lá fora, quando a criada anunciara uma visita.

– Homem ou mulher? – perguntara a srta. Goering.

– Mulher.

– Mande-a entrar imediatamente – dissera a srta. Goering.

A criada voltou seguida da visita. A srta. Goering levantou-se da cadeira.

– Como vai? – perguntou. – Acho que nunca a vi antes, mas, mesmo assim, sente, por favor.

A visitante era pequena e atarracada, parecia estar no fim dos trinta, começo dos quarenta. Usava roupa escura e fora de moda, e, exceto pelos grandes olhos cinzentos, seu rosto teria passado despercebido em qualquer ocasião.

– Sou prima de sua governanta – disse à srta. Goering. – Ela passou muitos anos com a senhora, lembra-se dela?

– Lembro-me – disse a srta. Goering.

— Bem, meu nome é Lucie Gamelon. Minha prima ficava o tempo todo falando na senhora e em sua irmã, Sofia. Faz anos que quero lhe fazer uma visita, mas sempre acontecia uma coisa ou outra. Mas um dia eu tinha de vir.

A srta. Gamelon corou. Ainda não tirara chapéu nem casaco.

— Tem uma linda casa – disse. – Imagino que saiba disso, e goste dela.

A essa altura a srta. Gamelon despertara a curiosidade da srta. Goering.

— O que é que a senhora faz na vida? – indagou esta.

— Acho que não faço grande coisa. Passei toda a vida datilografando manuscritos de autores famosos, mas parece que não se precisa mais de escritores, ou eles mesmos andam datilografando suas obras.

A srta. Goering, ocupada com seus pensamentos, não disse nada.

A srta. Gamelon olhou em torno, desamparada.

— Fica aqui a maior parte do tempo, ou viaja? – perguntou inesperadamente.

— Nunca pensei em viajar – disse a srta. Goering. – Não preciso de viagens.

— Vindo da família de que a senhora vem – disse a srta. Gamelon –, imagino que sabe muitas coisas sobre tudo. Não precisa viajar. Eu tive oportunidade de viajar, duas ou três vezes, com os meus escritores. Queriam pagar todas as despesas, e meu salário, mas só fui uma vez, ao Canadá.

— Não gosta de viajar – disse a srta. Goering encarando-a fixamente.

— Não combina comigo. Experimentei uma vez. Meu estômago ficou irritado e tive dores de cabeça de fundo nervoso o tempo todo. Bastou, foi um aviso.

— Entendo perfeitamente – disse a srta. Goering.

— Sempre acho – disse a srta. Gamelon – que a gente recebe avisos. Algumas pessoas não ligam para esses avisos. E aí entram em conflito. Acho que nunca deveríamos fazer nada que nos deixe nervosos ou esquisitos.

– Continue – disse a srta. Goering.

– Bom, eu sei por exemplo que não fui feita para ser aviadora. Sempre sonho com aviões caindo no chão. Há umas coisas que eu não faria ainda que me julgassem teimosa como uma mula. Não atravesso uma grande extensão de água, por exemplo. Podia ter tudo o que quero se atravessasse o oceano e fosse à Inglaterra, mas nunca farei isso.

– Bem – disse a srta. Goering –, vamos tomar chá e comer sanduíches.

A srta. Gamelon comeu vorazmente e elogiou a srta. Goering pela boa comida.

– Adoro comer coisas boas – disse. – Hoje em dia não tenho muitas coisas boas para comer, não como no tempo em que trabalhava com meus escritores.

Quando acabaram o chá, a srta. Gamelon se despediu da anfitriã.

– Foi muito agradável – disse. – Eu gostaria de ficar mais tempo, mas prometi a uma sobrinha cuidar dos filhos dela. Ela vai a um baile.

– Essa ideia deve deixar você bem deprimida – disse a srta. Goering.

– Tem razão – respondeu a srta. Gamelon.

– Volte logo – disse a srta. Goering.

Na tarde seguinte, a criada anunciou à srta. Goering que havia visita.

– A mesma senhora que veio ontem – disse a criada.

– Ora, veja só – disse a srta. Goering. – Mas que bom.

– Como está se sentindo hoje? – perguntou-lhe a srta. Gamelon, entrando na sala. Falava com a maior naturalidade, como se não achasse estranho ter voltado tão depressa depois da primeira visita. – Pensei em você a noite toda – disse. – Coisa engraçada. Sempre achei que devia conhecê-la. Minha prima costumava dizer que você era esquisita. E acho que com pessoas esquisitas a gente faz amizade mais depressa. Ou não fica amiga delas nunca – uma coisa ou outra. Muitos dos meus escritores eram bem esquisitos. Assim tive uma vantagem, ao me ligar a eles, que a maioria das pessoas não tem. Também tenho experiência com o que chamo verdadeiros maníacos.

A srta. Goering convidou a srta. Gamelon para jantar. Achou-a muito repousante e agradável de conviver. A srta. Gamelon estava muito impressionada porque a srta. Goering era tão nervosa. Quando iam se sentar à mesa, a srta. Goering disse que não poderia comer na sala de jantar, e pediu à criada que arranjasse a mesa na sala de visitas. E passou boa parte do tempo acendendo e apagando luzes.

– Sei como se sente – disse a srta. Gamelon.

– Não gosto muito de ser assim – disse a srta. Goering. – Mas espero no futuro aprender a me controlar.

Enquanto tomavam vinho, no jantar, a srta. Gamelon contou à srta. Goering que era normal ela estar daquele jeito.

– O que esperava, meu bem – disse –, vindo de uma família como a sua? Vocês são muito sensíveis, todos vocês. Têm de se permitir coisas a que outras pessoas não têm direito.

A srta. Goering começava a se sentir um pouco embriagada. Olhava sonhadoramente a srta. Gamelon, que se servia pela segunda vez de frango cozido no vinho. No canto de sua boca havia uma manchinha de gordura.

– Adoro beber – disse a srta. Gamelon –, mas não faz sentido quando se tem de trabalhar. É bom quando se tem muito tempo livre. Agora, tenho muito tempo livre.

– Você tem um anjo da guarda? – indagou a srta. Goering.

– Bom, tenho uma tia que morreu, talvez se refira a isso; quem sabe ela está cuidando de mim.

– Não é disso que estou falando... é de uma coisa bem diferente.

– Bom, naturalmente... – disse a srta. Gamelon.

– Um anjo da guarda vem quando se é muito jovem, e nos faz uma revelação especial.

– Sobre o quê?

– O mundo. A sua, pode ser boa sorte; a minha, é dinheiro. A maior parte das pessoas têm um anjo da guarda. Por isso se movem tão devagar.

– É um modo bem imaginoso de falar em anjos da guarda. Acho que o meu é aquilo que lhe falei, sobre dar atenção aos avisos que se recebe. Talvez ele possa me avisar sobre nós duas, e eu poderia livrar você de confusões. Naturalmente, se você quiser – acrescentou, parecendo um pouco atrapalhada.

Naquele momento a srta. Goering teve a nítida impressão de que a srta. Gamelon não era nada simpática, mas recusou-se a admitir isso, porque estava gostando demais da sensação de ser protegida e mimada. E pensou que, por algum tempo ao menos, não faria nenhum mal.

– Srta. Gamelon – disse a srta. Goering –, acho que seria uma ótima ideia se quisesse fazer desta aqui a sua casa... pelo menos agora. Acho que não tem nenhum compromisso urgente que a obrigue a ficar em outra parte, tem?

– Não, não tenho nenhum compromisso – disse a srta. Gamelon. – Não vejo motivo para não ficar aqui... preciso apanhar minhas coisas na casa de minha irmã. Fora disso, não sei de mais nada a fazer.

– Que coisas? – perguntou a srta. Goering impaciente. – Não volte mais lá. Podemos comprar coisas nas lojas. – Ela levantou-se e começou a andar rapidamente de um lado para outro na sala.

– Bom – disse a srta. Gamelon –, eu só acho melhor apanhar minhas coisas.

– Mas não esta noite – disse a srta. Goering. – Amanhã... amanhã, de carro.

– Amanhã, de carro – repetiu a srta. Gamelon.

A srta. Goering tratou de dar à srta. Gamelon um quarto ao lado do seu, para onde a levou assim que terminaram de jantar.

– Este quarto – disse a srta. Goering – tem uma das mais belas vistas de toda a casa. – Abriu as cortinas. – Você tem aqui sua lua e suas estrelas esta noite, srta. Gamelon, e um belíssimo desenho de árvores contra o céu.

A srta. Gamelon ficou parada na meia-escuridão perto da penteadeira, mexendo no broche de sua blusa. Queria que a srta. Goering saísse, para poder refletir sobre a casa e a oferta da outra, à sua própria maneira.

Houve um súbito rumor nos arbustos abaixo da janela. A srta. Goering deu um salto.

– Que foi isso? – Seu rosto estava muito branco, e ela levou a mão à testa. – Meu coração fica doente muito tempo, depois que me assusto – disse com voz sumida.

– Acho que agora é melhor você ir para a cama, dormir – disse a srta. Gamelon. De repente sentia os efeitos do vinho que bebera. A srta. Goering despediu-se relutante. Tinha vontade de falar metade da noite. Na manhã seguinte, a srta. Gamelon foi apanhar suas coisas e dar o novo endereço à irmã.

Três meses depois, a srta. Goering sabia pouco mais sobre as ideias da srta. Gamelon do que soubera na primeira noite em que tinham jantado juntas. Aprendera bastante sobre suas características pessoais, mas à custa de sua própria observação. Ao chegar, a srta. Gamelon falara muito do seu gosto por luxo e coisas bonitas, mas a srta. Goering a levara a incontáveis lojas, e ela só parecia se interessar pelas necessidades mais simples.

Era quieta, até um pouco carrancuda, mas parecia contente. Gostava de jantar em grandes restaurantes caros, especialmente se havia música durante a refeição. Parecia não gostar de teatro. Muitas vezes a srta. Goering comprava entradas para uma peça, e na última hora a srta. Gamelon se recusava a ir.

– Estou com tanta preguiça – dizia –, a cama me parece neste momento a melhor coisa do mundo.

E quando ia ao teatro logo se entediava. Sempre que não havia ação rápida no palco, a srta. Goering a surpreendia olhando para o regaço e brincando com os dedos.

Agora, parecia interessar-se mais intensamente pelas atividades da srta. Goering do que pelas próprias, embora já não mostrasse tanto interesse quanto no começo, ao escutar a srta. Goering falar de si mesma.

Na quarta-feira de tarde a srta. Gamelon e a srta. Goering estavam sentadas sob as árvores, na frente da casa. A srta. Goering estava bebendo uísque, a srta. Gamelon lia um livro. A criada apareceu e anunciou à srta. Goering que queriam falar com ela ao telefone.

O telefonema era de Anna, velha amiga da srta. Goering, convidando-a para uma festa na noite seguinte. A srta. Goering voltou para o gramado muito excitada.

– Vou a uma festa amanhã à noite – disse – mas nem posso esperar até lá – sou louca por festas, e me convidam tão pouco que quase nem sei como me portar. Como vamos passar o tempo até chegar a hora? – Pegou as mãos da srta. Gamelon nas suas.

Estava ficando um pouco frio. A srta. Goering estremeceu.

– Está gostando da nossa vidinha? – perguntou à srta. Gamelon.

– Eu estou sempre satisfeita – disse a srta. Gamelon – porque sei bem o que quero ou não. Mas você está sempre à mercê das coisas.

A srta. Goering chegou à casa de Anna, corada e vestida com certo exagero. Usava uma roupa de veludo, e a srta. Gamelon pusera flores no cabelo.

Os homens, a maioria de meia-idade, estavam parados juntos num canto da sala, fumando e escutando atentamente uns aos outros. As damas, recém-empoadas, sentavam-se pela sala falando muito pouco. Anna parecia tensa, embora sorrisse. Usava um vestido adaptado de um traje camponês da Europa Central.

– As bebidas virão num minuto – anunciou aos convidados, e depois, vendo a srta. Goering, foi até ela e levou-a a uma cadeira perto da sra. Copperfield, sem dizer nada.

A sra. Copperfield tinha rosto pequeno e pontudo, e cabelos muito pretos. Era singularmente pequena e magra. Esfregava nervosamente os braços nus, e olhou ao redor da sala quando a srta. Goering se sentou na cadeira a seu lado. Tinham-se encontrado por vários anos nas festas de Anna, e de vez em quando tomavam chá juntas.

– Oh, Christina Goering – exclamou a sra. Copperfield, espantada ao ver a amiga subitamente sentada a seu lado. – Estou indo embora!

– Quer dizer, está indo embora da festa? – disse a srta. Goering.

— Não, vou viajar. Deixe que eu lhe conte. É uma coisa terrível.

A srta. Goering notou que os olhos da sra. Copperfield estavam mais brilhantes do que de hábito.

— O que há de errado, minha pequena sra. Copperfield? — perguntou, erguendo-se na cadeira e olhando pela sala com um sorriso luminoso no rosto.

— Ah, tenho certeza de que você não vai gostar de ouvir — disse a sra. Copperfield. Não acredito que sinta nenhum respeito por mim, mas não importa, porque eu tenho o máximo respeito por você. Ouvi meu marido dizer que você tem uma natureza religiosa, e quase tivemos uma briga séria. Naturalmente é loucura dele, dizer isso. Você é gloriosamente imprevisível, e não tem medo de ninguém senão de si mesma. Odeio religião em outras pessoas.

A srta. Goering não respondeu à sra. Copperfield, porque no último segundo ou dois tinha estado olhando um homem gordo de cabelo escuro que caminhava pesadamente atravessando a sala na direção delas. Quando se aproximou, viu que ele tinha um rosto agradável com bochechas grandes, saltadas dos lados, mas não caídas como na maioria das pessoas obesas. Usava um terno azul.

— Posso me sentar do seu lado? — perguntou-lhes. — Conheci essa jovem senhora antes — disse, trocando um aperto de mãos com a sra. Copperfield, mas acho que nunca encontrei sua amiga. — Ele virou-se e cumprimentou a srta. Goering com um sinal de cabeça.

A sra. Copperfield ficou tão aborrecida com a interrupção que esqueceu de apresentar a srta. Goering ao cavalheiro. Ele puxou uma cadeira junto da srta. Goering, e olhou para ela.

— Estou vindo de um jantar maravilhoso — disse-lhe —, de preço moderado, mas servido com cuidado e muito bem preparado. Se se interessar posso anotar o nome desse restaurantezinho para a senhora.

Ele enfiou a mão no bolso do colete e tirou uma carteira de couro. Encontrou apenas um pedacinho de papel ainda não coberto de endereços.

– Vou anotar para a senhora – disse à srta. Goering. – Sem dúvida vai se encontrar com a sra. Copperfield e pode lhe passar a informação, ou talvez ela possa lhe telefonar.

A srta. Goering pegou o papelzinho na mão e olhou atentamente o que estava escrito.

Ele nem escrevera o nome de um restaurante, em vez disso pedira à srta. Goering que concordasse em ir para o apartamento dele mais tarde. Isso a deixou contentíssima, pois habitualmente gostava muito de ficar fora de casa o maior tempo possível, quando saía.

Ergueu os olhos para o homem, cujo rosto agora era imperscrutável. Ele bebericava seu aperitivo calmamente, olhava pela sala como alguém que por fim conseguiu encerrar uma conversa sobre negócios. Contudo, havia gotinhas de suor na sua testa.

A sra. Copperfield o contemplava com repugnância, mas o rosto da srta. Goering de repente se iluminou.

– Deixe-me contar-lhes – disse aos dois – sobre uma experiência estranha que tive esta manhã. Fique quieta aí, pequena sra. Copperfield, e escute. – A sra. Copperfield ergueu os olhos para a srta. Goering, e pegou a mão da amiga na sua.

– Fiquei na cidade com minha irmã, Sofia, na noite passada – disse a srta. Goering – e esta manhã estava parada diante da janela tomando uma xícara de café. Estão demolindo a casa ao lado da de Sofia, acho que pretendem erguer um edifício de apartamentos em seu lugar. Não havia muito vento esta manhã, mas uma chuva intermitente. Da minha janela, eu podia olhar dentro dos quartos daquela casa, pois a parede à minha frente já tinha sido derrubada. As salas ainda estavam parcialmente mobiliadas, e fiquei olhando, vendo a chuva respingar o papel de parede. Era um papel floreado e já coberto de manchas escuras, que aumentavam.

– Que divertido – disse a sra. Copperfield. – Ou talvez fosse deprimente.

– Eu me senti bem triste olhando aquilo, e estava querendo sair dali quando um homem entrou num desses quartos e, caminhando até à cama, pegou uma colcha que dobrou debaixo do braço. Sem dúvida era um objeto pessoal que esquecera de levar, e voltara para apanhar. Depois andou ao redor do quarto algum tempo, sem objetivo fixo, e finalmente se parou bem na beira do quarto, olhando o jardim lá embaixo, com as mãos nos quadris. Agora eu o podia ver melhor, e vi que era um artista. Enquanto ele estava ali parado, eu ficava cada vez mais horrorizada, como se estivesse vendo uma cena de pesadelo.

Nesse momento a srta. Goering se levantou bruscamente.

– Ele saltou, srta. Goering? – perguntou a sra. Copperfield, emocionada.

– Não, ficou ali muito tempo olhando o jardim lá embaixo, com ar de agradável curiosidade.

– Mas que estranho, srta. Goering – disse a sra. Copperfield. – Acho que é uma história interessante, de verdade, mas quase me assustou, e não quero ouvir outra igual. – Ela mal acabara sua frase quando ouviu o marido dizer:

– Iremos ao Panamá e vamos ficar por ali um pouco, antes de entrarmos mais para o interior. – A sra. Copperfield apertou a mão da srta. Goering.

– Acho que não vou poder suportar – disse ela. – É verdade, srta. Goering, estou com tanto medo de ir.

– Mas eu iria de qualquer jeito – disse a srta. Goering.

A sra. Copperfield saltou do braço da cadeira e correu até a biblioteca. Chaveou a porta atrás de si cuidadosamente, e depois caiu no sofá, como um montinho, e soluçou amargamente. Quando parou de chorar, passou pó no nariz, sentou-se no peitoril da janela, mirando o jardim escuro lá embaixo.

Uma hora ou duas depois disso, Arnold, o homem gordo de terno azul, ainda falava com a srta. Goering. Sugeriu-lhe que saíssem da festa e fossem à casa dele.

– Acho que vamos nos divertir muito mais lá – disse ele. – Vai haver menos barulho, e poderemos falar com mais liberdade.

Mas a srta. Goering não queria ir embora, estava gostando tanto de estar numa sala cheia de gente, e por outro lado não sabia bem como deixar de aceitar o convite dele.

– Muito bem – disse ela –, vamos indo. – Levantaram-se e saíram da sala juntos, em silêncio.

— Não diga a Anna que vamos embora — disse Arnold à srta. Goering. — Ia só chamar atenção. Prometa que você lhe mandará uns doces amanhã, ou flores. — Ele apertou a mão da srta. Goering e sorriu. Ela começava a sentir que talvez ele estivesse sendo íntimo demais.

*

Depois de saírem da festa de Anna, Arnold andou algum tempo com a srta. Goering, depois chamou um táxi. O caminho para a casa dele levava por várias ruas escuras e desertas. A srta. Goering estava tão nervosa e histérica por causa disso, que Arnold ficou alarmado.

— Eu sempre penso — disse a srta. Goering — que o motorista só está esperando que os passageiros se distraiam conversando, para disparar por alguma rua para algum local inacessível e solitário, onde vai torturar ou matá-los. Tenho certeza de que a maior parte das pessoas sente como eu, mas têm a delicadeza de não dizerem isso.

— Já que mora tão longe da cidade — disse Arnold —, por que não passa a noite na minha casa? Temos uma cama extra.

— Provavelmente farei isso — disse a srta. Goering —, embora seja totalmente contra meu código, mas nem comecei ainda a usar meu código, mesmo que julgue todas as coisas segundo ele. — A srta. Goering pareceu um pouco sombria depois de dizer isso, e rodaram em silêncio até chegarem a seu destino.

O apartamento de Arnold ficava no segundo andar. Ele abriu a porta, e entraram numa sala coberta de prateleiras de livros até o teto. O divã estava arrumado, e os chinelos de Arnold sobre o tapete ao lado. Os móveis eram pesados, e havia alguns pequenos tapetes orientais espalhados aqui e ali.

— Eu durmo aqui — disse Arnold — e meus pais ficam no quarto de dormir. Temos uma pequena cozinha, mas geralmente preferimos comer fora. Há outro quartinho, bem pequeno, destinado originalmente à empregada, mas eu prefiro dormir aqui e deixar meus olhos passearem de um livro a outro; os livros me consolam muito. — Ele suspirou fundo e pôs as mãos nos ombros da srta. Goering. – Como vê, minha cara dama, não estou fazendo exatamente o tipo de coisa que gostaria de fazer... trabalho no ramo imobiliário.

– E o que gostaria de fazer? – perguntou a srta. Goering, parecendo fatigada e indiferente.

– Naturalmente – disse Arnold – qualquer coisa ligada com livros ou pintura.

– E não pode fazer isso?

– Não – disse Arnold –, minha família não acredita que uma ocupação dessas seja séria, e como preciso ganhar a vida e pagar minha parte neste apartamento, fui obrigado a aceitar um cargo no escritório de meu tio, onde devo dizer que rapidamente me tornei o melhor vendedor. Mas de noite tenho muito tempo para andar com pessoas que nada têm a ver com negócios imobiliários. Na verdade, são pessoas que pensam muito pouco em ganhar dinheiro. Naturalmente, estão interessadas em ter o suficiente para comer. Embora eu tenha trinta e nove anos, ainda espero ser capaz de romper definitivamente com minha família. Não vejo a vida com os mesmos olhos com que eles a veem. E sinto cada vez mais que minha vida aqui está se tornando insuportável, apesar de ser livre para trazer para cá quem eu quiser, desde que pague minha parte na manutenção do apartamento.

Ele sentou-se no divã e esfregou os olhos.

– Vai me perdoar, srta. Goering, mas estou com muito sono de repente, estou certo de que vai passar.

Os drinques da srta. Goering estavam perdendo o efeito, e ela achou que era melhor voltar para junto da srta. Gamelon, mas não tinha coragem de voltar sozinha todo o caminho para casa.

– Bem, acho que é uma grande decepção para você – disse Arnold –, mas, sabe, estou apaixonado por você. Queria trazer você aqui e lhe contar toda a minha vida, mas agora não tenho vontade de falar em nada.

– Talvez outro dia você me conte sobre sua vida – disse a srta. Goering começando a andar de um lado para outro muito depressa. Parou e virou-se para ele. – O que me aconselha a fazer? – perguntou. – Aconselha que eu vá para casa, ou fique aqui?

Arnold estudou seu relógio de pulso.

— Fique aqui, de qualquer jeito — disse.

Exatamente nesse momento entrou o pai de Arnold, usando robe e trazendo na mão uma xícara de café. Era muito magro, e tinha uma barbicha em ponta. Era uma figura mais distinta do que Arnold.

— Boa noite, Arnold — disse o pai dele. — Por favor, vai me apresentar a essa jovem dama?

Arnold apresentou-os, depois seu pai perguntou à srta. Goering por que não tirava sua capa.

— Já que está acordada tão tarde da noite — disse ele — e longe do conforto e segurança de sua própria cama, devia ficar à vontade. — Arnold, meu filho, nunca pensa nesse tipo de coisa. — Ele tirou a capa da srta. Goering e elogiou seu lindo vestido.

— Agora, diga-me onde andou e o que tem feito. Eu próprio não frequento a sociedade, e me satisfaço com a companhia de minha mulher e meu filho.

Arnold deu de ombros, e fingiu olhar distraidamente pelo quarto. Mas mesmo uma pessoa pouco observadora podia ver que sua expressão era decididamente hostil.

— Agora me conte dessa festa — disse o pai de Arnold, ajeitando o lenço que trazia ao pescoço. — Me conte você — disse, apontando para a srta. Goering, que começava a se sentir muito contente.

— Eu lhe conto — disse Arnold. — Havia muita gente lá, a maioria artistas, alguns bem-sucedidos, outros ricos apenas porque herdaram dinheiro de alguém da família, outros ainda gente que tem apenas o que comer. Mas ninguém estava interessado em dinheiro como objetivo de vida, e todos teriam ficado satisfeitos tendo apenas o bastante para comer.

— Como animais selvagens — disse o pai de Arnold. — Como lobos! O que distingue o homem do lobo não é o fato de que um homem quer ganhar dinheiro?

A srta. Goering riu até lhe correrem lágrimas do rosto. Arnold tirou as revistas da mesa e começou a folheá-las muito depressa.

Exatamente nesse momento entrou a mãe de Arnold, numa das mãos um prato de bolos, na outra uma xícara de café.

Era uma mulher comum e desleixada, corpo semelhante ao de Arnold. Usava roupão cor-de-rosa.

– Bem-vinda – disse a srta. Goering à mãe de Arnold. Posso pegar um pedaço de bolo?

Mas a mãe de Arnold, uma mulher muito mal-educada, não lhe ofereceu bolo; em vez disso, agarrando firme o prato, disse:

– Faz muito tempo que você conhece Arnold?

– Não, conheci seu filho esta noite, numa festa.

– Bom – disse a mãe de Arnold, largando a bandeja e sentando no sofá. – Não é muito tempo, é?

O pai de Arnold ficou muito aborrecido com a mulher e demonstrou isso claramente em seu rosto.

– Odeio esse roupão – disse ele.

– Por que diz isso na frente de outras pessoas?

– Porque as pessoas não fazem o roupão parecer diferente.
– Ele fez um largo gesto para a srta. Goering e deu uma risada. A srta. Goering riu de novo, abertamente, por causa desse comentário. Arnold estava ainda mais carrancudo do que há pouco.

– A srta. Goering tinha medo de ir para casa sozinha – disse Arnold. – Por isso eu lhe disse que podia dormir no quarto extra. Embora a cama não seja confortável, acho que pelo menos teria privacidade.

– E por que a srta. Goering tinha medo de ir para casa? – perguntou o pai de Arnold.

– Bem – disse Arnold –, na verdade não é muito seguro uma dama andar sozinha nas ruas, ou mesmo sozinha de táxi, tão tarde da noite. Especialmente se for longe. Se não fosse tão longe, claro, eu mesmo a levaria.

– Você fala como um maricas – disse o pai. – Achei que você e seus amigos não tinham medo desse tipo de coisa. Pensei que eram uns caras da pesada, e que para vocês estupro era o mesmo que soltar um balão.

– Ora, não fale assim – disse a mãe de Arnold, parecendo realmente escandalizada. – Por que fala assim com ele?

– Eu queria que você fosse para a cama – disse o pai de Arnold. – Na verdade vou mandar que vá para a cama. Vai pegar um resfriado.

– Ele não é um horror? – disse a mãe de Arnold, sorrindo para a srta. Goering. – Mesmo com visitas em casa, ele não consegue controlar esse temperamento de leão. Ele *tem* um temperamento de leão, rugindo no apartamento o dia todo, e fica tão zangado com Arnold e seus amigos.

O pai de Arnold saiu do quarto pisando forte, e ouviram uma porta bater com estrondo no vestíbulo.

– Desculpe – disse a mãe de Arnold à srta. Goering. – Não queria estragar a festa.

A srta. Goering estava aborrecida porque achava o velho muito mais divertido, e Arnold a deixava cada vez mais deprimida.

– Ainda acho que vou lhe mostrar onde você vai dormir – disse Arnold levantando-se do sofá e deixando algumas revistas escorregarem do seu colo para o assoalho. – Ah, bom – disse ele –, venha por aqui. Estou com muito sono, e muito chateado por causa de tudo isso.

A srta. Goering seguiu Arnold com relutância pelo vestíbulo.

– Meu Deus – disse ela –, confesso que não tenho sono. Não há nada pior que isso, há?

– Não. É horrível – disse ele. – Pessoalmente, estou pronto para cair no tapete e ficar deitado aqui até amanhã ao meio-dia, absolutamente exausto.

A srta. Goering achou esse comentário muito pouco hospitaleiro, e começou a sentir um pouco de medo. Arnold foi obrigado a procurar a chave do quarto extra, e a srta. Goering ficou parada sozinha diante da porta por algum tempo.

– Controle-se – sussurrou, alto, pois seu coração começava a bater muito depressa. Ficou imaginando como se permitira ficar tão longe de casa e da srta. Gamelon. Arnold finalmente voltou com a chave, e abriu a porta do quarto.

Era um quarto minúsculo e muito mais frio do que o quarto onde tinham estado sentados. A srta. Goering esperava que Arnold ficasse muito envergonhado por isso, mas, embora ele tremesse e esfregasse as mãos, não disse nada. Não havia cortinas na janela, mas havia uma persiana amarela, já baixada. A srta. Goering jogou-se na cama.

– Bem, minha cara – disse Arnold –, boa-noite. – Vou para a cama. Talvez possamos olhar uns quadros amanhã, ou, se você quiser, ir até sua casa. – Ele passou os braços em torno dela e beijou muito de leve seus lábios, depois saiu do quarto.

Ela estava tão furiosa que tinha lágrimas nos olhos. Arnold ficou parado fora da porta algum tempo, depois de uns minutos afastou-se.

A srta. Goering foi até a escrivaninha e deitou a cabeça nas mãos. Ficou longo tempo nessa posição, apesar de estar tremendo de frio. Por fim ouviu uma batida fraca na porta. Parou de chorar tão bruscamente como começara, e correu a abrir a porta. Viu o pai de Arnold parado lá fora, no vestíbulo mal iluminado. Ele usava um pijama de listras cor-de-rosa, e saudou-a com uma breve continência. Depois ficou parado muito quieto, aparentemente esperando que a srta. Goering o mandasse entrar.

– Entre, entre – disse ela. – Estou encantada em vê-lo. Santo Deus, tive a impressão de estar abandonada.

O pai de Arnold entrou e equilibrou-se no pé da cama da srta. Goering, onde se sentou balançando as pernas. Acendeu o cachimbo de maneira bastante afetada, e olhou em volta, para as paredes do quarto.

– Então, moça – disse –, você também é artista?

– Não – disse a srta. Goering –, eu quis ser uma líder religiosa quando era jovem, mas agora só moro na minha casa, e tento não ser infeliz demais. Uma amiga mora comigo, e isso torna as coisas mais fáceis.

– O que achou do meu filho? – indagou ele, piscando-lhe o olho.

– Acabei de conhecê-lo – disse a srta. Goering.

– Logo vai descobrir que ele é uma pessoa inferior – disse o pai de Arnold. – Não tem ideia do que seja lutar. Acho que as mulheres não gostam muito disso. Na verdade, acho que Arnold não teve muitas mulheres na vida. Se me permite dar essa informação.

Eu próprio estou habituado a lutar. Lutei com meus vizinhos a vida inteira, em vez de ficar sentado tomando chá com eles. E meus vizinhos também me combateram como tigres. Mas Arnold não é assim. A ambição de minha vida sempre foi ficar um pouco acima de meus vizinhos nas marcas do trono, e achava a maior desgraça ficar um pouco abaixo de qualquer conhecido meu. Faz muitos anos não saio de casa. Ninguém me visita, e eu não visito ninguém. Mas para Arnold e seus amigos nada tem começo nem fim na vida. São como peixes na água suja, do meu ponto de vista. Se as coisas não lhes agradam num lugar e ninguém gosta deles, mudam-se. Querem agradar e sentir-se agradados; por isso é tão fácil chegar e lhes dar uma paulada por trás, porque nunca odiaram de verdade na vida.

– Mas que doutrina estranha! – disse a srta. Goering.

– Não é doutrina – disse o pai de Arnold. – São minhas próprias ideias, tiradas de minha experiência pessoal. Acredito muito na experiência pessoal, você não?

– Ah, sim – disse a srta. Goering –, e acho que tem razão quanto a Arnold. – Sentia um curioso prazer em humilhar Arnold.

– Arnold – continuou o pai dele, parecendo mais contente à medida que falava – nunca suportou ser surpreendido na marca de baixo. Todo mundo sabe o tamanho de sua casa, e quem souber medir sua felicidade por isso é um homem de ferro.

– De qualquer modo, Arnold não é um artista – disse a srta. Goering.

– Não – disse o pai de Arnold –, e é isso mesmo! Ele não tem energia, nem tutano, nem perseverança para ser um bom artista. Um artista precisa ter energia, coragem, caráter. Arnold é igual à minha mulher – continuou. – Casei com ela por interesse econômico. Sempre que digo isso, ela chora. É outra idiota. Não me ama nem um pouco, mas tem medo de reconhecer isso, e então chora. Fica louca de ciúmes também, e está enroscada na casa e na família como um píton, embora não seja feliz aqui. Na verdade, devo admitir que a vida dela é uma desgraça. Arnold tem vergonha dela, e eu judio dela o dia todo. Mas apesar de ser uma mulher tímida, é capaz de certo grau de violência e energia. Acho que, como eu, ela também é fiel a um ideal.

Nesse momento ouviram uma leve batida à porta. O pai de Arnold não disse uma palavra, mas a srta. Goering chamou em voz clara:

— Quem é?

— Sou eu, mãe de Arnold — foi a resposta. — Por favor deixe-me entrar imediatamente.

— Um momento — disse a srta. Goering —, claro que deixo.

— Não — disse o pai de Arnold. — Não abra a porta. Ela não tem direito de mandar ninguém abrir a porta.

— É melhor você abrir — disse a mulher dele. — Ou vou chamar a polícia, e estou falando muito sério. Nunca ameacei antes chamar a polícia, sabe?

— Sim, você já ameaçou isso uma vez — disse o pai de Arnold, parecendo muito preocupado.

— Do jeito que é a minha vida — disse a mãe de Arnold — eu devia abrir todas as portas, e deixar todo mundo entrar e testemunhar minha desgraça.

— Essa é a última coisa que ela faria — disse o pai de Arnold. — Quando fica zangada, fala como uma idiota.

— Vou deixá-la entrar — disse a srta. Goering, andando até a porta. Não se sentia muito zangada, porque a mãe de Arnold, a julgar pela voz, parecia antes triste do que zangada. Mas quando a srta. Goering abriu a porta, ficou surpresa de ver que, ao contrário, o rosto dela estava pálido de fúria, e seus olhos eram fendas estreitas.

— Por que sempre finge dormir tão bem? — disse o pai de Arnold. Foi o único comentário em que ele conseguiu pensar, embora notasse o quanto devia parecer inadequado para sua mulher.

— Você é uma prostituta — disse a mulher dele à srta. Goering. A srta. Goering ficou muito chocada com esse comentário, e espantou-se por sentir isso, porque sempre pensara que essas coisas não significavam nada para ela.

— Receio que esteja inteiramente errada — disse a srta. Goering —, e acho que um dia seremos grandes amigas.

– Eu lhe agradeço se me deixar escolher minhas amigas – respondeu a mãe de Arnold. – Já tenho minhas amigas, e não pretendo acrescentar nenhuma à minha lista, muito menos você.

– Nunca se sabe – disse a srta. Goering, resistindo um pouco e tentando recostar-se na cômoda como quem se sente muito à vontade. Infelizmente, ao chamar a srta. Goering de prostituta, a mãe de Arnold indicara a seu marido a posição que ele devia assumir para se defender.

– Como se atreve! – disse ele. – Como se atreve a chamar de prostituta uma hóspede desta casa? Você está quebrando as leis da hospitalidade, da pior maneira, e não vou tolerar isso.

– Não me ameace – disse a mãe de Arnold. – Ela tem de sair desta casa, ou eu faço um escândalo, e você vai se arrepender.

– Olhe, meu bem – disse o pai de Arnold à srta. Goering –, talvez seja melhor você ir embora, para seu próprio bem. Está começando a amanhecer, de modo que não precisa ter medo.

Ele olhou em torno, nervosamente, depois saiu depressa do quarto, passou pelo vestíbulo, com a mulher atrás. A srta. Goering ouviu uma porta bater, e imaginou que iam continuar a brigar sozinhos.

Então atravessou rapidamente o vestíbulo e saiu da casa. Depois de andar um pouco encontrou um táxi, e, mal rodavam alguns minutos, adormeceu.

✶

No dia seguinte o sol brilhava, e as senhoritas Goering e Gamelon estavam no gramado, discutindo. A srta. Goering estendera-se na relva. A srta. Gamelon parecia a mais indignada das duas. Tinha a testa franzida, e olhava sobre o ombro para a casa atrás delas. A srta. Goering fechara os olhos, e seu rosto mostrava um pálido sorriso.

– Bem – disse a srta. Gamelon, virando-se –, você tem tão pouca ideia do que vai fazer que chega a ser um crime contra a sociedade, você ter propriedades em suas mãos. Só pessoas que as apreciam deviam ser proprietárias de coisas.

– Acho que gosto mais do que tenho do que a maioria das pessoas – disse a srta. Goering. – Dá-me uma confortável sensação de segurança, como lhe expliquei pelo menos uma dúzia de vezes. Contudo, a fim de executar minha própria ideiazinha sobre salvação, realmente acredito que preciso viver nalgum lugar menos elegante, especialmente um lugar onde não nasci.

– Na minha opinião – disse a srta. Gamelon – você podia perfeitamente obter sua salvação durante certas horas do dia sem ter de mudar todas as coisas.

– Não – disse a srta. Goering –, isso não estaria de acordo com o espírito dos tempos.

A srta. Gamelon remexeu-se na cadeira.

– O espírito dos tempos, seja o que for isso, tenho certeza, pode dispensar perfeitamente sua colaboração... e provavelmente prefere isso.

A srta. Goering sorriu e balançou a cabeça.

– A ideia – disse – é mudar primeiro nossa própria vontade, conforme nossas próprias inspirações, antes que elas nos imponham mudanças totalmente arbitrárias.

– Não tenho dessas inspirações – disse a srta. Gamelon –, e acho que você tem uma enorme petulância, identificando-se com qualquer outra pessoa. Na verdade acho que, se deixar esta casa, vou desistir de você por considerá-la uma lunática incorrigível. Afinal não me interesso por morar com uma louca, e acho que ninguém deseja isso.

– Se eu renunciar a você – disse a srta. Goering, sentando-se ereta e jogando a cabeça para trás exaltada –, se eu renunciar a você, Lucie, estarei renunciando a mais do que à minha casa.

– Essa é uma das suas manias enjoadas – disse a srta. Gamelon. – Tudo isso entra num ouvido meu e sai pelo outro.

A srta. Goering deu de ombros e entrou em casa.

Ficou algum tempo na sala, arrumando flores numa jarra, e quando ia para o quarto, a fim de dormir, apareceu Arnold.

– Olá – disse ele –, eu quis vir mais cedo mas não consegui. Tivemos um desses longos almoços de família. Acho que as flores ficam lindas nesta sala.

– Como vai seu pai? – perguntou a srta. Goering.
– Oh, acho que está bem – disse Arnold. – Na verdade temos pouco em comum. – A srta. Goering percebeu que ele suava outra vez. Era evidente que estava excitadíssimo por vir à casa dela, pois esquecera de tirar o chapéu de palha.
– É realmente uma linda casa – disse ele. – Tem um ar de passado esplendoroso, que me comove. Você vai detestar se tiver de deixá-la um dia. Bem, acho que papai gostou muito de você. Não o deixe à vontade demais, ele acha que as moças são todas loucas por ele.
– Eu gostei imensamente dele – disse a srta. Goering.
– Espero que isso não interfira na nossa amizade – disse Arnold –, porque resolvi ver você muitas vezes. Naturalmente, desde que isso lhe agrade tanto quanto a mim.
– Claro – disse a srta. Goering. – Sempre que quiser.
– Acho que vou gostar muito de estar na sua casa, mas não sinta isso como uma imposição de minha parte. Ficarei feliz sentado aqui sozinho, pensando. Como sabe, estou ansioso por mudar minha vida, pois como está agora não me satisfaz. Como pode imaginar, nem posso dar uma festa para alguns amigos, porque papai e mamãe nunca saem de casa se eu não saio.

Arnold sentou-se numa cadeira, junto de uma janela grande, num nicho, e esticou as pernas.
– Venha até aqui – disse à srta. Goering – e olhe o vento agitando os cimos das árvores. Não há nada mais bonito no mundo. – Por um instante ele a encarou com ar grave.
– Você tem leite, pão e geleia? – perguntou. – Espero que não haja cerimônias entre nós.

A srta. Goering ficou surpresa por Arnold pedir algo de comer tão pouco tempo depois do almoço, e achou que era por isso que ele era tão gordo.
– Claro que temos – disse docemente, e foi dar ordens à criada.

Enquanto isso a srta. Gamelon resolvera entrar e, se possível, perseguir a srta. Goering com suas argumentações. Quando a viu, Arnold entendeu que ela era a companheira de quem a srta. Goering falara na noite anterior.

Levantou-se imediatamente, pois achava que era muito importante travar amizade com a srta. Gamelon.

Esta ficou muito contente ao vê-lo, pois raramente tinham companhia, e ela preferia falar com qualquer pessoa a falar com a srta. Goering.

Apresentaram-se, e Arnold puxou uma cadeira para a srta. Gamelon, perto da sua.

– Você é a companheira da srta. Goering – disse à srta. Gamelon. – Acho que é uma coisa encantadora.

– Acha que é encantador? – perguntou a srta. Gamelon. – Muito interessante, realmente.

Arnold deu um sorriso feliz ao ouvir esse comentário da srta. Gamelon, e ficou sentado algum tempo sem dizer nada.

Por fim disse:

– Esta casa é decorada com um gosto refinado, cheia de sossego e paz.

– Tudo depende de como se encara – disse a srta. Gamelon depressa, virando a cabeça e olhando pela janela.

– Há certas pessoas – disse ela – que afastam a paz diante da porta como se fosse um dragão vermelho soprando fogo pelas narinas, e há pessoas que não deixam Deus em paz.

Arnold inclinou-se para diante tentando parecer a um tempo respeitoso e interessado.

– Acho que compreendo o que quer dizer – afirmou gravemente.

Então os dois olharam pela janela ao mesmo tempo, e viram a srta. Goering ao longe, usando uma capa sobre os ombros e falando com um rapaz que quase não conseguiam enxergar porque ficava diretamente contra o sol.

– É o agente – disse a srta. Gamelon. – Acho que não há nada mais que esperar a partir de agora.

– Que agente? – perguntou Arnold.

– O agente através do qual ela vai vender a casa – disse a srta. Gamelon. – Não é horrível demais para se dizer?

– Oh, lamento muito – disse Arnold –, acho que é uma bobagem dela, mas não é da minha conta.

— Vamos viver numa casa de madeira de quatro peças, e cozinhar nossa própria comida. Será no campo, rodeada de florestas.
— Parece bem triste, não? — disse Arnold. — Mas por que a srta. Goering ia decidir uma coisa dessas?
— Ela diz que é apenas o começo de um programa terrível.
Arnold pareceu muito triste. Não falou mais com a srta. Gamelon, apenas retorceu os lábios e olhou o teto.
— Acho que a coisa mais importante do mundo — disse por fim — é amizade e compreensão. — Olhou a srta. Gamelon interrogativamente. Parecia ter desistido de alguma coisa.
— Bem, srta. Gamelon — disse novamente —, não concorda comigo que amizade e compreensão são as coisas mais importantes do mundo?
— Sim — disse a srta. Gamelon —, e não perder a cabeça também é.
A srta. Goering logo entrou com um maço de papéis debaixo do braço.
— São os contratos — disse. — Santo Deus, são compridos, mas o agente é um amor. Ele achou a casa encantadora. — Ela estendeu os contratos primeiro para Arnold, depois para a srta. Gamelon.
— Eu achava — disse a srta. Gamelon — que você devia ter medo de olhar no espelho, com receio de ver uma coisa esquisita e louca demais. Não quero ter de olhar esses contratos. Por favor, tire isso tudo já do meu colo. Meu Santo Deus!
Na verdade a srta. Goering parecia um pouco doida, e, com olho atento, a srta. Gamelon notara imediatamente que a mão que segurava os contratos tremia.
— Onde fica a sua casinha, srta. Goering? — perguntou-lhe Arnold tentando introduzir naquela conversa um tom mais natural.
— Fica numa ilha — disse a srta. Goering —, de balsa não é longe da cidade. Lembro de ter visitado essa ilha em criança, e sempre tive horror dela porque se pode cheirar as fábricas de cola do continente mesmo quando passeando pela floresta ou campo. Uma extremidade da ilha é bem povoada, embora só se consiga comprar mercadorias de terceira categoria nas lojas. Mais adiante

a ilha é mais selvagem e atrasada; mesmo assim há um trenzinho que frequentemente encontra a balsa e leva a gente à outra extremidade. Lá se depara com uma cidadezinha meio perdida, que parece muito rude, e dá um pouco de medo, acho eu, ver que o continente do outro lado é tão deserto quanto a própria ilha, e não nos oferece qualquer proteção.

– Parece ter analisado a situação cuidadosamente e de todos os ângulos! – disse a srta. Gamelon. – Parabéns! – Acenou de sua cadeira para a srta. Goering, mas podia ver facilmente que não se sentia nada despreocupada.

Arnold remexia-se na cadeira, sentindo-se desconfortável. Tossiu, e então falou muito docemente com a srta. Goering.

– Tenho certeza de que a ilha também tem certas vantagens, que você conhece, mas talvez prefira nos surpreender com elas, em vez de nos decepcionar.

– De momento não sei de nenhuma – disse a srta. Goering. – Por que, você vem conosco?

– Acho que gostaria de passar algum tempo com vocês lá fora; quero dizer, se me convidarem.

Arnold estava triste, e inquieto, mas sentia que devia a qualquer custo ficar perto da srta. Goering, não importava que mundo ela escolhesse para viver.

– Se me convidarem – repetiu ele – terei prazer em ir com as duas algum tempo, e vamos ver o que acontece. Eu poderia continuar mantendo minha parte no apartamento que divido com meus pais, sem ter de passar todo o tempo lá. Mas não a aconselho a vender sua linda casa; é melhor alugar ou fechar tudo com tábuas, enquanto estiver fora. Poderá mudar de ideia e querer voltar.

A srta. Gamelon corou de prazer.

– Seria uma coisa humana demais para ela ponderar – disse, mas parecia um pouco mais esperançosa.

A srta. Goering parecia estar sonhando, sem escutar o que os dois diziam.

– Bem – disse a srta. Gamelon –, não vai responder? Ele disse: por que não fechar a casa com tábuas ou alugar e aí, se mudar de ideia, você pode voltar para ela.

– Ah, não – disse a srta. Goering. – Obrigada, mas eu não poderia fazer isso. Não faria sentido.

Arnold tossiu para esconder seu embaraço por ter sugerido algo que desagradava tão obviamente à srta. Goering.

"Não devo", pensou ele, "não devo me aliar demais com a srta. Gamelon, ou a srta. Goering vai achar que minha mente é do mesmo calibre."

– Talvez seja melhor, afinal, vender tudo – disse em voz alta.

2

O sr. e a sra. Copperfield estavam parados no convés, na parte da frente do navio que entrava no porto do Panamá. A sra. Copperfield estava muito contente por finalmente avistarem a terra.

– Agora tem de admitir que a terra é mais agradável do que o mar – disse ao sr. Copperfield. Tinha muito medo de morrer afogada.

– Não é só porque sinto medo do mar – prosseguiu –, mas é tão monótono. Todo tempo a mesma coisa. Naturalmente, as cores são lindas.

O sr. Copperfield estudava a linha da praia.

– Se você calar a boca e olhar as docas, entre as construções, vai ver os trens verdes carregando bananas. Parece que partem a cada quinze minutos.

A mulher dele não respondeu; em vez disso, pôs na cabeça o capacete que tinha na mão.

– Não está começando a sentir calor? Eu estou – disse por fim. E como não houvesse resposta, foi caminhar ao longo da amurada, olhando as águas.

Nesse momento, a mulher gorda que conhecera no navio veio falar com ela. A sra. Copperfield iluminou-se.

– Você fez permanente no cabelo! – disse. A mulher sorriu.

– Agora lembre – disse ela à sra. Copperfield –, no minuto em que chegar ao seu hotel, deite-se e descanse. Não deixe que a arrastem pelas ruas, não importa que tipo de distração maluca prometam. De qualquer modo, só o que há a ver são aqueles macacos nas ruas. Não há na cidade uma única pessoa de cara decente, a não ser ligadas ao exército americano, e os americanos ficam quase só no seu próprio bairro. O bairro americano se chama Cristóbal. É isolado de Colón. Em Colón, só macacos e mestiços. Cristóbal é bonito.

Todo mundo em Cristóbal tem seu próprio alpendre, protegido por tela. Aqueles macacos de Colón nem sonham em se proteger. Nem notam quando um mosquito os pica, e mesmo que notassem não levantariam o braço para os enxotar. Coma muita fruta e cuide com as lojas. A maior parte pertence a indianos. São como judeus, sabe. Vão roubar você de todos os jeitos.

— Não quero comprar nada — disse a sra. Copperfield —, mas posso visitar você enquanto estiver em Colón?

— Eu adoro você, meu bem — respondeu a mulher —, mas gostaria de passar cada minuto com meu menino, enquanto estiver aqui.

— Está bem — disse a sra. Copperfield.

— Claro que está bem. Você tem aquele seu marido bonitão.

— Isso não ajuda — disse a sra. Copperfield, mas assim que disse isso ficou horrorizada consigo mesma.

— Bem, você andou brigando? — disse a mulher.

— Não.

— Então acho que é uma mulherzinha horrorosa, falando assim de seu marido — disse ela, afastando-se. A sra. Copperfield baixou a cabeça e voltou a parar-se do lado do sr. Copperfield.

— Por que você fala com essa gente biruta? — perguntou ele.

Ela não respondeu.

— Bem — disse ele —, por amor de Deus, olhe a paisagem agora, sim?

Entraram num táxi, e o sr. Copperfield insistiu em ir a um hotel bem no centro da cidade. Normalmente todos os turistas, mesmo com pouco dinheiro, ficavam no Hotel Washington, diante do mar, poucas milhas fora de Colón.

— Não acredito — disse o sr. Copperfield à esposa —, não acredito em gastar dinheiro num luxo que quando muito terei por uma semana. Acho mais graça em comprar objetos que vão durar talvez toda a minha vida. Podemos encontrar um hotel confortável na cidade. E teremos dinheiro para gastar em coisas mais interessantes.

— O quarto onde eu durmo é tão importante para mim — disse a sra. Copperfield. Estava quase chorando.

— Meu bem, um quarto é só um lugar para dormir e vestir-se. Se for silencioso, e a cama confortável, não se precisa mais nada. Não concorda comigo?
— Sabe muito bem que não.
— Bem, se você vai ficar tão infeliz, vamos ao Hotel Washington — disse o sr. Copperfield. De repente, ele perdera toda a dignidade. Seus olhos se sombrearam, e ele ficou amuado. — Mas posso lhe garantir que vou me sentir infeliz lá. Vai ser uma droga de monotonia. — Era como uma criancinha, e a sra. Copperfield teve de consolá-lo. O marido tinha uma maneira astuta de fazê-la sentir culpa.

"Afinal, quase todo o dinheiro é meu", pensou ela. "Estou financiando a maior parte dos gastos dessa viagem." Mesmo assim não conseguia sentir-se forte. Era totalmente dominada pelo sr. Copperfield, como por quase todas as pessoas com quem tinha contato. Mas gente que a conhecia bem dizia que ela era capaz de fazer, de modo inesperado, um gesto bem independente, e muito radical, sem ninguém para se apoiar.

Ela olhou pela janela do carro e notou uma atividade muito intensa nas ruas. As pessoas, em geral negros e homens uniformizados de frotas de todas as nações, corriam e faziam tamanho alarido que a sra. Copperfield pensou que podia ser algum feriado.

— Parece uma cidade constantemente saqueada — disse o marido.

As casas eram pintadas em cores berrantes e tinham amplos alpendres nos andares superiores, sustentados de baixo por postes de madeira. Assim, formavam uma espécie de arcada para dar sombra aos passantes.

— Uma arquitetura engenhosa — comentou o sr. Copperfield.
— As ruas seriam insuportáveis se fosse preciso caminhar sem nada sobre a cabeça.

Você não ia aguentar, mister — disse o motorista —, andar sem nada na cabeça.

— Mesmo assim vamos logo escolher um hotel e entrar — disse a sra. Copperfield.

Encontraram um, bem no coração do bairro da prostituição, e concordaram em dar uma olhada nuns quartos do quinto andar. O gerente lhes disse que eram os menos barulhentos. A sra. Copperfield, que tinha medo de elevadores, decidiu subir as escadas a pé, e esperar que seu marido chegasse com a bagagem. Depois de subir ao quinto andar, ficou surpresa ao ver que o vestíbulo principal continha pelo menos cem cadeiras de sala de jantar, de encosto reto, e nada mais. Enquanto olhava em torno, sua raiva aumentava e ela quase não conseguia esperar que o sr. Copperfield chegasse no elevador para lhe contar o que achava dele.

"Preciso chegar ao Hotel Washington", dizia a si mesma.

Finalmente o sr. Copperfield chegou, andando ao lado de um menino com a bagagem. Ela correu ao seu encontro.

– É a coisa mais pavorosa que já vi – disse.

– Espere um segundo, por favor, e me deixe contar a bagagem; quero ter certeza de que está tudo aqui.

– Quanto a mim, podia estar tudo no fundo do mar... tudo isso.

– Onde está minha máquina de escrever? – perguntou o sr. Copperfield.

– Fale comigo agora, já – disse a mulher dele, possessa de raiva.

– Você se importa ou não de ter banheiro privativo? – perguntou o sr. Copperfield.

– Não, não. Não me importo com isso. Não é questão de conforto, é muito mais que isso.

O sr. Copperfield deu uma risadinha.

– Você é tão louca – disse-lhe com jeito indulgente. Estava encantado por estar nos trópicos por fim, e muito mais contente consigo mesmo por ter conseguido dissuadir sua mulher de ficarem naquele hotel ridiculamente caro, onde estariam rodeados de turistas. Percebia que aquele hotel era sinistro, mas ele adorava isso.

Seguiram o boy a um dos quartos, e assim que chegaram a sra. Copperfield começou a empurrar a porta para frente e para trás. Ela se abria para os dois lados, e só podia ser trancada com um ganchinho.

— Qualquer pessoa pode arrombar este quarto — disse a sra. Copperfield.

— Talvez, mas não acho muito provável. Você acha? — O sr. Copperfield fazia questão de nunca tranquilizar a mulher. Estimulava devidamente os seus medos. Mas não insistiu, e resolveram pegar outro quarto, de porta mais sólida.

✯

A sra. Copperfield estava surpresa com a animação do marido, que se lavara e saíra para comprar um mamão papaia.

Ela ficou deitada na cama, pensando.

"Ora", pensava, "quando as pessoas acreditavam em Deus, levavam-No de um lado para outro. Levaram-No pelas florestas virgens e pelo Círculo Ártico. Deus cuidava de todo mundo, e todos os homens eram irmãos. Agora, não há nada para levar, e para mim essa gente aí podia ser toda um bando de cangurus, dava na mesma; mas deve haver alguém por aí que me faça lembrar alguma coisa... Preciso encontrar um lugar nesta terra estranha."

O único objetivo da sra. Copperfield na vida era ser feliz, embora pessoas que tivessem observado seu comportamento por alguns anos fossem se surpreender ao descobrir que era só isso.

Ela se levantou da cama, e tirou um estojo de manicure de seu nécessaire, presente da srta. Goering.

— Memória — sussurrou. — Memória das coisas que amei desde menina. Meu marido é um homem sem memória. — Sentiu uma dor intensa, ao pensar nesse homem a quem amava mais do que a todas as outras pessoas, esse homem para quem todas as novidades eram fonte de alegria. Para ela, tudo que já não fosse um velho sonho era um ultraje. Voltou para a cama, e adormeceu profundamente.

Quando acordou, o sr. Copperfield estava parado ao pé da cama comendo um mamão.

— Você tem de provar — disse. — Dá energia, e é delicioso. Não quer um pouco? — Fitou-a, timidamente.

— Onde você andou? — perguntou ela.

– Ora, caminhando pelas ruas. Na verdade caminhei quilômetros. Você realmente devia sair. Isso aqui é um hospício. Ruas cheias de soldados e marinheiros e putas. As mulheres todas de vestido comprido... vestidos incrivelmente baratos. Todas vão falar com você. Venha, vamos sair.

★

Estavam caminhando de braço dado, pelas ruas. A testa da sra. Copperfield estava quente, e as mãos, frias. Ela sentia algo tremendo na boca do estômago. Quando olhava em frente, o extremo da rua parecia dobrar-se e depois esticar-se de novo. Ela disse isso ao sr. Copperfield, e ele explicou que era porque acabavam de sair do navio. Sobre suas cabeças havia crianças saltando nos alpendres de madeira, fazendo tremer as casas. Alguém bateu no ombro da sra. Copperfield e quase a derrubou. Ao mesmo tempo, ela teve uma noção aguda do odor forte e perfumado de rosas. A pessoa que colidira com ela era uma negra de vestido de noite de seda rosa.

– Nem posso dizer o quanto lamento, nem posso dizer – disse ela. Depois olhou em torno vagamente e começou a cantarolar.

– Eu lhe disse que isso aqui era um hospício – disse o sr. Copperfield à esposa.

– Ouça – disse a Negra –, desça pela rua seguinte e vai gostar mais. Tenho de encontrar meu namorado naquele bar. – Apontou, para orientá-los. – Aquele é um bar muito bonito. Todo mundo vai lá. – disse ela. – Aproximou-se mais e dirigiu-se unicamente à sra. Copperfield. – Venha comigo, meu bem, e vai se divertir como nunca na vida. Eu sou o seu tipo. Vamos.

Ela pegou a mão da sra. Copperfield na sua e começou a arrastá-la para longe do sr. Copperfield. Era maior do que os dois.

– Não creio que ela queira ir ao bar agora – disse o sr. Copperfield. – Primeiro gostaríamos de conhecer um pouco a cidade.

A Negra acariciou o rosto da sra. Copperfield com a palma da mão. – É isso que você quer fazer, meu bem, ou quer vir comigo? – Um policial parou e ficou a alguns passos deles. A Negra soltou a mão da sra. Copperfield e atravessou a rua, dando risada.

– Não foi a coisa mais esquisita que você já viu? – disse a sra. Copperfield, ofegante.

– É melhor tratarem de sua vida – disse o policial. – Por que não vão até lá olhar as lojas? Todo mundo anda nas ruas onde ficam as lojas. Vão comprar alguma coisa para seu tio ou primo.

– Não, não é isso que eu quero fazer – disse a sra. Copperfield.

– Bom, então vá a um cinema – disse o policial, e saiu andando.

O sr. Copperfield estava histérico de tanto rir. Tapava a boca com o lenço.

– É o tipo de coisa que eu adoro – conseguiu dizer. Caminharam mais e entraram noutra rua. O sol estava se pondo, o ar parado e quente. Naquela rua não havia sacadas, apenas casinholas térreas. Na frente de cada porta, pelo menos uma mulher sentada. A sra. Copperfield foi até a janela de uma casa e olhou para dentro. O quarto era quase totalmente ocupado por uma grande cama de casal, com colchão incrivelmente esburacado, sobre o qual se estendera um xale de renda. Uma lâmpada elétrica debaixo de um abajur de chiffon lavanda lançava uma claridade espalhafatosa sobre a cama, e havia aberto sobre o travesseiro um leque onde se lia *Panama City*.

A mulher sentada diante daquela casa era bastante velha. Sentava-se numa banqueta com cotovelos pousados nos joelhos, e a sra. Copperfield, que virara para olhar para ela, achou que era um tipo das Índias Ocidentais. Tinha peito chato e ossos rudes, braços muito musculosos e ombros também. Seu rosto comprido e desalentado, e parte do pescoço, estavam cuidadosamente tapados por pó facial claro, mas o peito e braços continuavam escuros. A sra. Copperfield divertiu-se ao ver que o vestido era de gaze lavanda, muito teatral. No seu cabelo havia uma bela mecha grisalha.

A Negra virou-se, e quando viu que o sr. e a sra. Copperfield olhavam para ela, levantou-se e alisou as pregas do vestido. Era quase uma giganta.

– Os dois por um dólar – disse.

— Um dólar – repetiu a sra. Copperfield. O sr. Copperfield, que estivera parado perto dali no meio-fio, aproximou-se.

— Frieda – disse ele –, vamos descer mais umas ruas.

— Ora, por favor – disse a sra. Copperfield. – Espere um minuto.

— Um dólar é o melhor preço que posso fazer – disse a Negra.

— Se faz questão de ficar aqui – sugeriu o sr. Copperfield –, vou andar por aí e voltar para pegar você daqui a pouco. Talvez seja melhor levar algum dinheiro. Aqui tem um dólar e cinquenta e cinco, para o caso de precisar...

— Quero falar com ela – disse a sra. Copperfield, olhando fixamente para um ponto no espaço.

— Então, vejo você em alguns minutos. Estou inquieto – disse ele, e saiu andando.

— Adoro ser livre – disse a sra. Copperfield à mulher, depois que ele se fora. – Vamos até o seu quartinho? Estive admirando pela janela...

Antes que ela terminasse a frase, a mulher a empurrava pela porta com as duas mãos, e estavam no quarto. Não havia tapete no chão, e as paredes eram nuas. Os únicos enfeites eram os que se via da rua. Sentaram-se na cama.

— Eu tinha um gramofone pequeno naquele canto – disse a mulher –, alguém que veio num navio me emprestou. O amigo dele veio e tirou de novo.

— Ti-ta-ta-tii-ta-ta – disse ela, e por uns segundos bateu o ritmo com os saltos dos sapatos. Pegou as duas mãos da sra. Copperfield na sua e ergueu-a da cama. – Venha agora, benzinho. Você é incrivelmente pequena e muito doce. Você é doce e talvez esteja solitária. – A sra. Copperfield encostou a face no seio da mulher. O cheiro da gaze lembrou-lhe seu primeiro papel num teatro da escola. Ela ergueu o rosto para a Negra e sorriu, com o ar mais terno e doce de que era capaz.

— O que você costuma fazer de tarde? – perguntou à mulher.

— Jogar cartas. Ir ao cinema...

A sra. Copperfield afastou-se dela. Suas faces estavam rubras. As duas escutaram as pessoas que passavam. Agora podiam escutar cada palavra pronunciada fora da janela. A Negra franziu a testa. Tinha um ar de profunda preocupação.

— O tempo é outro, benzinho — disse ela à sra. Copperfield —, mas talvez você seja novinha demais para entender isso.

A sra. Copperfield balançou a cabeça. Sentiu-se triste, olhando a Negra.

— Tenho sede — disse. De repente ouviram uma voz masculina dizer:

— Não esperava me ver de volta tão cedo, Podie? — Depois várias moças riram, histéricas. Os olhos da Negra se iluminaram.

— Me dê um dólar! Me dê um dólar! — gritou, excitada, para a sra. Copperfield. — Você ficou aqui o tempo marcado, de qualquer jeito! — A sra. Copperfield deu-lhe depressa um dólar, e a Negra saiu correndo para a rua. A sra. Copperfield foi atrás.

Na frente da casa, várias moças se penduravam num homem pesadão com terno de linho amassado. Vendo a Negra da sra. Copperfield, em seu vestido cor de lavanda, ele se livrou das outras e passou o braço em torno dela. A Negra revirou os olhos, feliz, e levou-o para dentro de casa sem sequer um aceno de cabeça para a sra. Copperfield. Logo as outras correram rua abaixo, e a sra. Copperfield ficou sozinha. Pessoas passavam dos dois lados dela, mas nenhuma lhe interessava. De outro lado, ela interessava muito a todas, especialmente às mulheres sentadas diante de suas portas. Logo foi abordada por uma moça de cabelo em carapinha.

— Compre uma coisa pra mim, tia — disse a moça.

Como a sra. Copperfield não respondesse, mas simplesmente lhe lançasse um olhar demorado e triste, a moça disse:

— Tia, você mesma pode escolher. Pode comprar uma pluma para mim, não me importa. — A sra. Copperfield teve um calafrio. Pensou que devia estar sonhando.

— O que quer dizer, uma pluma? O que quer dizer com isso?

A mocinha torceu-se de rir.

— Ah, tia — disse com uma voz que se quebrava na garganta. — Ah, tia, como você é gozada — Você é tão gozada. Não sei o que é pluma, mas qualquer coisa que você queira de todo o coração, sabe.

Desceram a rua até uma loja e saíram com uma caixinha de pó facial. A moça disse adeus, e sumiu na esquina com amigas. Mais uma vez a sra. Copperfield ficou sozinha. Os velhos táxis passavam cheios de turistas. "De modo geral", escrevera a sra. Copperfield em seu diário, "turistas são seres humanos tão impressionados com a importância e imutabilidade de seu próprio modo de vida que são capazes de viajar pelos lugares mais fantásticos sem sentir nada senão uma reação visual. Os turistas mais ousados dizem que todos os lugares são iguais."

O sr. Copperfield voltou em seguida e juntou-se a ela.

– Você se divertiu muito? – indagou.

Ela sacudiu a cabeça e olhou para ele. De repente sentiu-se tão cansada que começou a chorar.

– Maria-chorona – disse o sr. Copperfield.

Alguém postou-se atrás deles. Uma voz baixa disse:

– Ela estava perdida? – Viraram-se e viram uma moça de ar inteligente e feições nítidas, cabelos crespos, parada bem atrás deles. – Se eu fosse você não a deixava nessas ruas aqui – disse.

– Ela não se perdeu, só estava deprimida – explicou o sr. Copperfield.

– Você me acharia malcriada se eu pedisse que viessem a um bom restaurante onde todos poderemos jantar? – perguntou a moça. Era realmente bem bonita.

– Vamos – disse a sra. Copperfield, veemente. – Sem falta. – Estava excitada agora; tinha a sensação de que a moça era boa. Como a maior parte das pessoas, nunca acreditava realmente que uma coisa terrível aconteceria depois de outra.

O restaurante não era muito bom. Era muito escuro, e comprido, e não havia absolutamente ninguém ali.

– Você não prefere comer noutro lugar? – perguntou a sra. Copperfield à mocinha.

– Ah, não! Eu jamais iria para outro lugar. Se a senhora não ficar zangada eu lhe conto. Consigo um dinheirinho aqui quando trago fregueses.

– Bem, eu lhe dou o dinheiro, e vamos comer noutro lugar. Eu lhe dou o que ele lhe daria – disse a sra. Copperfield.

— Isso é uma coisa boba — disse a mocinha. — Uma coisa muito boba.

— Ouvi dizer que nesta cidade há um restaurante onde se podem encomendar lagostas magníficas. Não podíamos ir até lá? — agora a sra. Copperfield estava suplicando à mocinha.

— Não... isso é bobagem. — Ela chamou um garçom que acabava de chegar com jornais debaixo do braço.

— Adalberto, traga carne e vinho. Carne primeiro. — Ela disse isso em espanhol.

— Como fala bem inglês! — disse o sr. Copperfield.

— Eu adoro estar com americanos quando posso — disse ela.

— Você acha que são generosos? — perguntou o sr. Copperfield.

— Ah, claro — disse a mocinha. — Claro que são generosos. São generosos quando têm dinheiro. São até mais generosos quando estão com suas famílias. Uma vez eu conheci um homem. Ele era um homem americano. Um de verdade, e morava no Hotel Washington. Vocês sabem, é o hotel mais bonito do mundo. Todos os dias de tarde a mulher dele dormia a siesta. Ele vinha depressa de táxi a Colón, e ficava tão excitado e assustado, com medo de não voltar para junto da mulher a tempo, que nunca me levava para um quarto, em vez disso ia comigo para uma loja e me dizia: "Depressa, depressa... pegue alguma coisa... qualquer coisa que você quiser, mas depressa".

— Que horror! — disse a sra. Copperfield.

— Era horrível — disse a mocinha espanhola. — Eu sempre ficava tão doida que um dia fiquei doida de verdade e lhe disse: "Tudo bem, eu vou comprar esse cachimbo para o meu tio". Eu nem gosto do meu tio mas tive de lhe dar o cachimbo.

O sr. Copperfield ria feito louco.

— Engraçado, não é? — disse a moça. — Acredite, se ele voltar um dia, eu nunca mais vou comprar um cachimbo para meu tio se ele me levar para a loja. Ela não é feia.

— Quem? — perguntou o sr. Copperfield.

— Sua mulher.

— Estou pavorosa esta noite — disse a sra. Copperfield.

– Não importa mesmo, porque a senhora é casada. Não precisa se preocupar com coisa nenhuma.

– Ela vai ficar furiosa se você lhe disser isso – comentou o sr. Copperfield.

– Vai ficar furiosa? É a coisa mais maravilhosa do mundo, não ter com que se preocupar.

– Mas a beleza não é feita disso – objetou a sra. Copperfield. – O que é que a falta de preocupação tem a ver com a beleza?

– Tem tudo a ver com as coisas bonitas do mundo. Se você acorda de manhã e no primeiro minuto que abre os olhos nem sabe quem você é ou o que foi a sua vida... isso é lindo. Depois, quando você sabe quem é, e que dia de sua vida é aquele, e ainda pensa que está singrando no ar como um pássaro feliz... isso é lindo. Quer dizer, quando você não tem nenhuma preocupação. Não me diga que gosta de se preocupar.

O sr. Copperfield sorriu afetadamente. Depois do jantar, de repente se sentia muito cansado, e sugeriu que fossem para casa, mas a sra. Copperfield estava nervosa demais e perguntou à espanhola se consentiria em passar mais um tempinho em companhia deles. A moça disse que sim, se a sra. Copperfield não se importasse de voltar com ela ao hotel onde morava.

Despediram-se do sr. Copperfield, e saíram andando.

As paredes do Hotel de las Palmas eram de madeira, e pintadas de verde forte. Havia muitas gaiolas de passarinhos nas salas, e penduradas nos tetos. Algumas, vazias. O quarto da moça ficava no segundo andar e tinha paredes de madeira pintadas de cores fortes, como os corredores.

– Aqueles passarinhos cantam o dia todo – disse a moça, fazendo um sinal à sra. Copperfield para se sentar a seu lado na cama. – Às vezes eu fico pensando: "Seus idiotas, por que cantam nas gaiolas?". Depois eu digo: "Mas Pacífica, você é tão idiota quanto os passarinhos. Também está numa gaiola, porque não tem dinheiro. Na noite passada você ficou três horas rindo com um alemão só porque ele lhe pagou umas bebidas. E você achava o homem um burro". Eu rio na minha gaiola, e eles riem nas gaiolas deles.

– Mas – disse a sra. Copperfield – realmente não se podem comparar os pássaros a nós.

– Você acha que não é verdade? – perguntou Pacífica, veementemente. – Acredite, é verdade, sim.

Ela tirou o vestido sobre a cabeça, e ficou só de combinação diante da sra. Copperfield.

– Me diga – disse – o que acha daqueles lindos quimonos de seda que os indianos vendem nas lojas deles? Se eu tivesse um marido rico assim, pedia que comprasse um daqueles quimonos para mim. Você nem sabe a sorte que tem. Eu iria com ele todos os dias às lojas e faria com que comprasse coisas maravilhosas para mim, em vez de ficar aí chorando feito um bebê. Homens não gostam de ver mulheres chorando. Acha que eles gostam de ver mulheres chorando?

A sra. Copperfield encolheu os ombros e disse:

– Não consigo imaginar.

– Tem razão. Eles gostam é de ver mulheres rindo. Mulheres têm de rir a noite toda. Olhe uma mocinha bonita. Quando ri, ela fica dez anos mais velha. É porque ri muito. Você fica dez anos mais velha, quando ri.

– Verdade – disse a sra. Copperfield.

– Não fique triste – disse Pacífica. – Eu gosto muito de mulheres. Às vezes gosto mais de mulheres do que de homens. Gosto de minha avó e de minha mãe e de minhas irmãs. Nós sempre nos divertimos muito juntas, as mulheres da minha casa. Eu sempre fui a melhor delas. Eu era a mais esperta, e aquela que trabalhava mais. Agora eu queria estar lá outra vez, na minha bela casa, satisfeita. Mas ainda quero coisas demais, sabe. Eu sou preguiçosa, mas também tenho um temperamento horrível. Gosto muito de todos esses homens com quem ando. Às vezes eles me contam o que vão fazer na sua vida futura quando saírem do navio.

Eu sempre desejo que tudo isso lhes aconteça logo. Drogas de navios. Quando eles me dizem que só querem andar por aí, ao redor do mundo, a vida toda num navio, eu lhes digo: "Você não sabe o que está perdendo. Não quero mais nada com você, cara". Não gosto deles quando são assim. Mas agora estou apaixonada por esse homem bonzinho, que está aqui a negócios. A maior parte do tempo ele consegue pagar o meu aluguel. Mas nem todas as semanas. Ele fica muito feliz porque sou dele. A maior parte dos homens fica muito feliz porque sou deles. Não me orgulho muito disso. Isso vem de Deus. – Pacífica fez o sinal da cruz.

– Uma vez eu me apaixonei por uma mulher mais velha – disse a sra. Copperfield, ansiosa. – Ela já não era bonita, mas no seu rosto eu encontrava fragmentos de beleza muito mais excitantes para mim do que qualquer beleza que conheci no seu auge. Mas quem é que não amou uma pessoa mais velha? Meu Deus!

– As coisas de que você gosta não são as coisas de que outras pessoas gostam, não é? Eu gostaria de ter essa experiência de me apaixonar por uma mulher mais velha. Acho que é muito doce, mas na verdade eu sempre estou apaixonada por algum homem bonzinho. Acho que é sorte minha. Algumas das meninas não conseguem mais se apaixonar. Elas só pensam em dinheiro, dinheiro, dinheiro. A senhora não pensa tanto em dinheiro, pensa? – perguntou ela à sra. Copperfield.

– Não, não penso.

– Agora vamos descansar um pouquinho, não é? – A mocinha deitou-se na cama e fez a sra. Copperfield deitar-se a seu lado. Ela bocejou, pegou a mão da sra. Copperfield na dela, e adormeceu quase instantaneamente. A sra. Copperfield achou que também podia dormir um pouco. Naquele momento sentia uma grande paz.

Foram acordadas por terríveis batidas à porta. A sra. Copperfield abriu os olhos e num segundo foi dominada por um terror avassalador. Olhou para Pacífica, e o rosto de sua amiga não estava muito mais confiante do que o dela.

– *Cállate!* – sussurrou ela à sra. Copperfield em voz rouca, usando sua língua nativa.

– O que foi? O que é isso? – perguntou a sra. Copperfield em voz rouca. – Eu não compreendo espanhol.

– Não diga uma palavra – disse Pacífica em inglês.

– Não posso ficar aqui deitada sem dizer nada. Você sabe que não posso. O que foi?

— Homem bêbado. Apaixonado por mim. Eu conheço bem ele. Ele me machuca muito quando eu durmo com ele. O navio dele chegou outra vez.

As batidas tornaram-se mais insistentes, e ouviram uma voz masculina dizer:

— Eu sei que você está aqui, Pacífica, abra essa droga de porta.

— Ah, Pacífica, abra! — A sra. Copperfield saltou da cama. — Nada poderia ser pior do que esse suspense.

— Não seja louca. Pode ser que ele esteja bem bêbado e vá embora de novo.

Os olhos da sra. Copperfield estavam vítreos, ela começava a ficar histérica.

— Não, não... eu sempre prometi a mim mesma que abriria a porta se alguém tentasse arrombar. E aí ele seria menos inimigo. Quanto mais ele ficar lá fora, mais furioso vai ficar. A primeira coisa que eu vou dizer quando abrir a porta será: "Somos suas amigas" e talvez ele fique menos furioso.

— Se você me deixar mais doida do que eu já sou, não sei o que vou fazer — disse Pacífica. — Agora vamos só esperar aqui e ver se ele vai embora. Podíamos botar essa cômoda na frente da porta. Você me ajuda a empurrar a cômoda contra a porta?

— Não posso empurrar nada! — A sra. Copperfield sentia-se tão fraca que foi deslizando parede abaixo até o chão.

— Será que vou ter de arrombar essa maldita porta? — dizia o homem.

A sra. Copperfield levantou-se, cambaleou até a porta, e abriu-a.

O homem que entrou tinha um rosto de traços muito marcados, e era bem alto. Era evidente que bebera muito.

— Olá, Meyer — disse Pacífica. — Não pode me deixar dormir um pouco? — Ela hesitou um minuto, e como ele não respondesse, repetiu: — Eu estava tentando dormir um pouco.

— Eu estava dormindo profundamente — disse a sra. Copperfield. — Sua voz estava mais aguda do que de costume, o rosto muito animado. — Lamento que a gente não tenha escutado o senhor bater logo. Acho que o fizemos esperar muito.

— Ninguém nunca me faz esperar muito — disse Meyer, rosto mais vermelho. Os olhos de Pacífica estavam-se estreitando. Ela começava a se descontrolar.

— Saia do meu quarto — disse a Meyer.

Em resposta, Meyer caiu atravessado na cama, e o impacto de seu corpo foi tão forte que quase quebrou as ripas.

— Vamos sair daqui depressa — disse a sra. Copperfield a Pacífica. Já não conseguia manter sua compostura. Por um momento esperara que o inimigo irrompesse em lágrimas como às vezes acontece nos sonhos, mas agora estava convencida de que isso não aconteceria. Pacífica estava cada vez mais furiosa.

— Olhe aqui, Meyer — dizia ela. — Volte para a rua imediatamente. Porque não vou fazer nada com você, exceto lhe dar um soco no nariz se você não se mandar. Se você não fosse tão maluco a gente podia sentar lá embaixo e beber um copo de rum. Tenho centenas de amigos que gostam só de falar comigo e beber comigo até caírem duros debaixo da mesa. Mas você fica sempre querendo coisa comigo. Parece um gorila. E eu quero ficar sossegada.

— Quem se importa com a sua casa! — berrou Meyer. — Eu podia enfileirar todas as suas casas e atirar nelas como se fossem patos. Um navio é melhor que uma casa a qualquer dia! Qualquer hora! Sol ou chuva! Mesmo que venha o fim do mundo!

— Ninguém está falando em casas, só você — disse Pacífica batendo o pé no chão —, e eu não quero escutar a sua conversa idiota.

— Então por que você trancou a porta se não estava vivendo nesta casa como se fossem umas duquesas tomando chá e rezando para que nenhum de nós voltasse nunca mais para a terra? Você estava com medo de que eu fosse quebrar os móveis e derramar qualquer coisa no assoalho. Minha mãe tinha uma casa, mas eu sempre dormia na casa da vizinha. É isso o que eu penso de casas!

— Você não entendeu direito — disse a sra. Copperfield com voz trêmula. Queria muito lembrar-lhe educadamente que aquilo não era uma casa mas um quarto de hotel. Mas não estava só com medo, também envergonhada de fazer esse comentário.

– Santo Deus, estou com nojo – disse Pacífica à sra. Copperfield, sem se importar de baixar a voz.

Meyer pareceu não ouvir isso, mas debruçou-se sobre a beira da cama com um sorriso na cara e estendeu um braço para Pacífica. Conseguiu pegar a bainha da combinação dela e puxou-a em sua direção.

– Enquanto eu for viva, não! – gritou Pacífica, mas ele já passara os braços pela sua cintura, e estava ajoelhado na cama puxando a moça.

– Dona de casa – disse ele, rindo. – Aposto que se eu te levasse para o mar você ia vomitar. Ia sujar todo o navio. Agora deite aqui, e cale a boca.

Pacífica olhou com ar sombrio para a sra. Copperfield.

– Está bom então – disse ela. – Mas primeiro me dê o dinheiro, porque não confio em você. Vou dormir com você só para pagar meu aluguel.

Ele lhe deu um soco terrível na boca, e partiu seu lábio. O sangue começou a correr pelo queixo da moça.

A sra. Copperfield saiu do quarto correndo.

– Vou chamar socorro, Pacífica – gritou sobre o ombro. Correu pelo vestíbulo e pelas escadas esperando encontrar alguém a quem pudesse avisar da situação de Pacífica, mas sabia que não teria coragem de interpelar nenhum homem. No térreo, avistou uma mulher de meia-idade tricotando no quarto, de porta entreaberta. A sra. Copperfield correu até ela.

– A senhora conhece Pacífica? – disse, arquejante.

– Claro que conheço Pacífica – disse a mulher. Falava como uma inglesa que tivesse vivido muitos anos entre americanos. – Conheço todo mundo que mora aqui mais que duas noites. Eu sou a dona deste hotel.

– Bom, então faça alguma coisa depressa. O sr. Meyer está aqui, e está muito bêbado.

– Não faço coisa nenhuma com Meyer quando ele está bêbado. – A mulher ficou calada um momento; a ideia de fazer alguma coisa com Meyer despertou seu senso de humor, e ela pôs-se a dar risadinhas. – Imagine só – disse ela –, "sr. Meyer, quer ter a bondade de sair deste quarto? Pacífica cansou do senhor". Há, há, há... *Pacífica* está cansada do senhor! Sente-se, moça, e acalme-se. Há um pouco de gim naquele frasco de vidro trabalhado ali perto dos abacates. Quer um pouco?

— Sabe, não estou acostumada com violência — disse a sra. Copperfield. Serviu-se de gim, e repetiu que não estava acostumada com violência. — Duvido que ela sobreviva a esta noite. A obstinação daquele homem. Parecia louco.

— Meyer não é louco — disse a proprietária. — Alguns deles são bem piores. Ele me disse que gostava muito de Pacífica. Sempre fui decente com ele, e ele nunca me deu problemas.

Ouviram gritos do andar de cima. A sra. Copperfield reconheceu a voz de Pacífica.

— Por favor, por favor, chame a polícia — implorou a sra. Copperfield.

— Ficou maluca? — disse a mulher. — Pacífica não quer se envolver com a polícia. Preferia que lhe cortassem as duas pernas, acredite.

— Bem, então vamos até lá em cima — disse a sra. Copperfield. — Estou disposta a fazer qualquer coisa.

— Fique sentada aí, sra... como é seu nome? O meu é sra. Quill.

— Eu sou a sra. Copperfield.

— Bem, sra. Copperfield, sabe, Pacífica sabe cuidar de si mesma melhor do que nós poderíamos cuidar dela. Quanto menos gente se envolver numa coisa, melhor para todo mundo. Essa é uma lei que tenho aqui no hotel.

— Tudo bem — murmurou a sra. Copperfield —, mas enquanto isso ela pode ser assassinada.

— As pessoas não matam assim tão facilmente. Muita pancadaria, sim, mas assassinato nem tanto. Tive alguns crimes aqui, mas não muitos. Descobri que a maioria das coisas acabam bem. Naturalmente algumas acabam mal.

— Eu gostaria de me sentir tão à vontade quanto a senhora sobre todas as coisas. Não entendo como pode ficar aqui sentada, não entendo como Pacífica pode suportar aquilo sem acabar num asilo de loucos.

– Bem, ela teve muita experiência com esses homens. Acho que não está com medo de verdade. Ela é muito mais dura do que nós. Só está chateada. Gosta de poder ter seu quarto e fazer o que bem entende. Acho que às vezes mulheres não sabem o que querem. A senhora acha que ela tem uma quedinha por Meyer?

– Como poderia? Não entendo o que quer dizer com isso.

– Bom, tem aquele rapaz por quem ela diz que está apaixonada; mas acho que não está apaixonada por ele. Foi assim com todos eles, um atrás do outro. Todos caras bonzinhos. Eles adoram até o chão onde ela passa. Acho que ela tem tanto ciúme e fica tão nervosa quando Meyer não está, que gosta de fingir que prefere esses outros rapazinhos. Quando Meyer volta, ela realmente acredita que fica zangada por ele interferir. Talvez eu esteja certa e talvez esteja errada, mas acho que é mais ou menos assim.

– Acho impossível. Ela não permitiria que ele a machucasse antes de ir para a cama com ele.

– Claro que não – disse a sra. Quill –, mas não sei nada sobre esse tipo de coisa. Pacífica é uma boa moça. E vem de uma boa família.

A sra. Copperfield bebeu seu gim e gostou.

– Logo ela vai descer e vamos conversar – disse a sra. Quill. – Aqui está gostoso, e todos se divertem. Falam e bebem e fazem amor; fazem piqueniques; vão ao cinema; dançam, às vezes a noite toda... Nunca fico sozinha, só quando quero... Posso sempre dançar com eles se me dá vontade. Tenho um cara que me leva a dançar sempre que quero ir, e dou o golpe nele. Eu adoro isso aqui. Não voltaria para casa nem por um monte de dinheiro. Às vezes fica quente, mas em geral é gostoso, e ninguém tem pressa. Sexo não me interessa, eu durmo como um bebê. Nunca tenho sonhos ruins, exceto quando como alguma coisa que pesa no meu estômago. É preciso pagar um preço quando a gente se permite certas coisas. Tenho uma queda incrível por lagosta *à la Newburg*, sabe. Sei exatamente o que estou fazendo quando como isso. Vou ao restaurante de *Bull Grey*, digamos uma vez por mês, com esse sujeito.

– Continue – disse a sra. Copperfield, que estava gostando da conversa.

— Bom, a gente pede lagosta *à la Newburg*. Acredite, é a coisa mais deliciosa do mundo...

— Que tal pernas de rã? — perguntou a sra. Copperfield.

— Para mim, lagosta *à la Newburg*.

— Você parece tão feliz que acho que vou me instalar aqui neste hotel. O que acha disso?

— Você faz com sua vida o que quiser. É o meu lema. Quanto tempo quer ficar?

— Ah, não sei — disse a sra. Copperfield. — Acha que eu vou me divertir aqui?

— Ah, a gente se diverte sem parar — disse a proprietária. — Dançar, beber... todas as coisas agradáveis do mundo. Não se precisa muito dinheiro, sabe. Os homens vêm dos navios com os bolsos cheios. Acredite, este lugar é a cidade de Deus, ou talvez do Diabo. — Ela deu uma risada gostosa.

— A gente se diverte sem parar — repetiu. Levantou-se da cadeira com alguma dificuldade, foi até o fonógrafo, que parecia uma caixa, no canto do quarto. Depois de virar a manivela, colocou um disco de música country.

— A gente pode escutar isso sempre que o coração pede — disse ela à sra. Copperfield. — Aqui estão as agulhas e discos, e basta virar a manivela. Quando eu não estiver aqui, você pode sentar nesta cadeira de balanço e ficar ouvindo. Tenho gente famosa cantando nestes discos, como Sophie Tucker e Al Jolson dos Estados Unidos, e acho que música é o vinho dos ouvidos.

— E acho que deve ser muito agradável ler neste quarto... enquanto se ouve discos — disse a sra. Copperfield.

— Ler... você pode ler quanto quiser.

Sentaram-se algum tempo escutando discos e tomando gim. Depois de cerca de uma hora, a sra. Quill viu Pacífica vindo pelo corredor.

— Olhe só — disse ela à sra. Copperfield —, aí vem sua amiga.

Pacífica tinha um vestidinho de seda e chinelas de quarto. Pintara cuidadosamente o rosto e colocara perfume.

— Vejam o que Meyer trouxe para mim — disse, vindo em direção delas e mostrando-lhes um grande relógio de pulso com dial de rádio. Parecia estar muito contente.

— Vocês estiveram conversando — disse ela, sorrindo-lhes bondosamente. — Agora quem sabe nós três vamos passear pela rua e tomar uma cerveja ou qualquer coisa assim?

— Seria ótimo — disse a sra. Copperfield. Estava começando a preocupar-se com o sr. Copperfield. Ele detestava que ela sumisse assim por muito tempo, porque isso lhe dava uma sensação de quebra de rotina, e prejudicava muito o seu sono. Ela prometeu a si mesma que passaria no quarto e o avisaria de que ainda ficaria fora, mas só a ideia de chegar perto do hotel lhe dava calafrios.

— Depressa, meninas — disse Pacífica.

Voltaram ao restaurante sossegado onde Pacífica levara o sr. e a sra. Copperfield para jantar. Do outro lado da rua, havia um grande salão, bem iluminado. Uma orquestra de dez músicos tocava lá, e estava tão apinhado que as pessoas dançavam nas ruas.

A sra. Quill disse:

— Puxa vida, Pacífica! Naquele local a gente podia se divertir como nunca esta noite. Veja só como eles estão se divertindo.

— Não, sra. Quill — disse Pacífica. — Podemos muito bem ficar aqui. A luz não é tão clara, e é mais calmo, e depois vamos para a cama.

— Sim — disse a sra. Quill, a expressão desanimada. A sra. Copperfield pensou ver, nos olhos da sra. Quill, uma expressão de terrível dor e contrariedade.

— Vou até lá amanhã de noite — disse a sra. Quill brandamente. — Não quer dizer nada. Eles têm esses bailes todas as noites. É porque os navios não param de chegar. As moças nunca estão cansadas — disse à sra. Copperfield. — É porque de dia dormem o quanto querem. Podem dormir de dia como de noite. Não se cansam. Por que se cansariam? Dançar não cansa ninguém. A música carrega a gente.

— Não seja boba — disse Pacífica. — Elas estão sempre cansadas.

— Bom, qual é a verdade afinal? — perguntou a sra. Copperfield.

— Ora — disse a sra. Quill —, Pacífica está sempre vendo o lado mais sombrio da vida. É a criatura mais melancólica que já vi.

— Não vejo o lado mais sombrio, vejo a verdade. Às vezes a senhora é uma bobinha, sra. Quill.

– Não fale assim comigo, sabendo o quanto eu gosto de você – disse a sra. Quill, e seus lábios começaram a tremer.

– Sinto muito, sra. Quill – disse Pacífica gravemente.

"Há alguma coisa encantadora em Pacífica", pensou a sra. Copperfield. "Acho que ela leva todo mundo muito a sério."

Pegou a mão de Pacífica.

– Dentro de um minuto vamos beber alguma coisa bem gostosa – disse, sorrindo para Pacífica. – Não está contente?

– Sim, vai ser bom beber alguma coisa – disse Pacífica educadamente; mas a sra. Quill compreendeu o tom de piada que havia nisso. Esfregou as mãos e disse:

– Concordo.

A sra. Copperfield olhou a rua e viu Meyer passando. Estava com duas louras e alguns marujos.

– Lá vai Meyer – disse ela. As outras duas mulheres olharam o outro lado da rua, e as três ficaram vendo Meyer desaparecer.

✶

O sr. e a sra. Copperfield tinham ido para a Cidade do Panamá por dois dias. No primeiro, depois do almoço, o sr. Copperfield propôs um passeio para os subúrbios da cidade. Era a primeira coisa que ele fazia sempre que chegava num lugar novo. A sra. Copperfield detestava saber o que havia ao redor dela, porque sempre era algo ainda mais estranho do que receara.

Andaram longo tempo. As ruas começavam a parecer todas iguais. De um lado subiam gradualmente, do outro desciam de modo brusco para regiões lamacentas perto do mar. As casas de pedra eram totalmente incolores ao sol escaldante. Todas as janelas eram fortemente gradeadas; havia pouco sinal de vida por toda parte. Chegaram até três meninos nus jogando futebol, e viraram descendo até à água. Uma mulher de seda preta vinha lentamente ao encontro deles. Quando tinham passado, ela se virou e os encarou sem nenhum pudor. Os dois olharam sobre os ombros várias vezes, e ainda podiam vê-la ali parada, observando-os.

Era maré alta. Foram seguindo até a praia lamacenta. Atrás deles havia um grande hotel de pedra construído diante de um recife baixo, de modo que já estava na sombra. As superfícies de lama e a água ainda estavam na luz do sol. Andaram ao longo da praia até o sr. Copperfield encontrar uma rocha grande e chata para sentarem.

– É tão lindo aqui – disse ele.

Um caranguejo correu de lado pela lama aos pés deles.

– Olhe! – disse o sr. Copperfield. – Você não gosta deles?

– Adoro – respondeu ela, mas não conseguiu controlar uma sensação paulatina de horror olhando a paisagem em torno. Alguém pintara as palavras "Cerveza – Cerveja" em letras verdes na fachada do hotel.

O sr. Copperfield enrolou as calças e perguntou se ela se importava de andar descalça com ele na beira da água.

– Acho que já fui longe o bastante – disse ela.

– Está cansada? – ele indagou.

– Oh, não. Não estou cansada. – Havia em seu rosto uma expressão tão dolorosa quando ela respondeu que ele perguntou qual era o problema.

– Estou infeliz – disse ela.

– De novo? – perguntou o sr. Copperfield. – Mas por que está infeliz agora?

– Estou me sentindo tão perdida, e longe, e tão assustada.

– Mas o que há de assustador aqui?

– Não sei. Tudo é tão estranho, e não tem ligação com coisa alguma.

– Tem ligação com o Panamá – comentou o sr. Copperfield, azedo. – Nunca vai entender isso? – Ele fez uma pausa. – Acho que não vou mais tentar fazer você entender... Mas eu vou andar na beira da água. Você sempre estraga todo o meu prazer. Com você não há nada que se possa fazer. – Ele estava amuado.

– Sim, eu sei. Vá andar na água. Acho que só estou cansada. – Ela o observou caminhar cuidadosamente entre as minúsculas pedras, braços abertos para manter o equilíbrio como um aramista, e quis poder estar com ele porque gostava tanto dele. Começou a sentir-se um pouco exaltada. Havia um vento forte, passavam lindos barcos a vela perto da praia, muito velozes. Ela jogou a cabeça para trás e fechou os olhos esperando ficar exaltada o bastante para sair correndo e juntar-se ao marido. Mas o vento não era suficientemente forte, e atrás dos olhos cerrados ela via Pacífica e a sra. Quill paradas na frente do Hotel Las Palmas. Dissera adeus a elas, do táxi antiquado que chamara, para levá-la à estação. O sr. Copperfield preferira caminhar, e ela ficara sozinha com suas duas amigas. Pacífica usava o quimono de cetim que a sra. Copperfield comprara para ela, e um par de chinelas de quarto decoradas com pompons. Estava parada perto da parede do hotel, pestanejando, e queixando-se por estar na rua vestida só de quimono, mas a sra. Copperfield tinha apenas um minuto para se despedir delas, e não quis descer da carruagem.

— Pacífica e sra. Quill — dissera, debruçada na vitória — não podem imaginar como sinto deixá-las, ainda que por dois dias. Honestamente, não sei se vou suportar.

— Ouça, Copperfield — respondera a sra. Quill —, vá e divirta-se no Panamá. Não pense um minuto em nós. Está me ouvindo? Meu Deus, meu Deus, se eu fosse jovem para poder ir à Cidade do Panamá com meu marido, eu teria uma cara bem diferente do que você agora...

— Isso não significa nada, ir à Cidade do Panamá com o marido — insistiu Pacífica com muita firmeza. — Não significa que ela esteja feliz. Todo mundo gosta de fazer coisas diferentes. Talvez Copperfield goste mais de ir pescar, ou comprar roupas. — Ela então sorrira para Pacífica, agradecida.

— Bem — a sra. Quill retorquira debilmente —, estou certa de que você ficaria feliz, Pacífica, se fosse à Cidade do Panamá com seu marido... é lindíssimo lá.

— De qualquer jeito, ela já esteve em Paris — respondera Pacífica.

— Bem, prometa que estarão aqui quando eu voltar — implorara a sra. Copperfield. — Fico horrorizada pensando que talvez desapareçam de repente.

— Não crie tantos problemas para você mesma, meu bem; a vida já é bastante difícil sem isso. E por que iríamos embora? — dissera Pacífica, bocejando, e começara a entrar em casa. Depois, mandara um beijo para a sra. Copperfield, da soleira da porta, e acenara com a mão.

– Muito divertido, estar com elas – disse a sra. Copperfield em voz alta, abrindo os olhos. – São um grande conforto.

O sr. Copperfield estava voltando para a pedra chata onde ela sentava. Tinha na mão uma pedra de textura e forma estranhas. Sorria, vindo ao encontro dela.

– Veja – disse ele –, não é uma pedra engraçada? Muito linda, na verdade. Achei que você gostaria de ver, por isso a trouxe.
– A sra. Copperfield examinou a pedra e disse:

– Ah, é linda, e muito estranha. Muito obrigada. – E olhou a pedra que jazia na palma de sua mão. Enquanto ela a examinava, o sr. Copperfield apertou o ombro dela e disse:

– Veja aquele grande vapor abrindo caminho na água. Está vendo? – Ele torceu de leve a nuca da mulher, para que ela olhasse na direção certa.

– Sim, estou vendo. Também é lindo... Acho melhor a gente voltar andando para casa. Vai ficar escuro logo.

Saíram da praia e começaram a andar pelas ruas novamente. Estava escurecendo, mas havia mais pessoas paradas por ali agora. Falavam abertamente do sr. e da sra. Copperfield quando estes passavam.

– Foi realmente um dia belíssimo – disse o sr. Copperfield.
– Você deve ter gostado, ao menos em parte, porque vimos coisas tão inacreditáveis. – A sra. Copperfield apertava cada vez mais a mão dele.

– Não tenho pés com asas como você – disse ela. – Tem de me perdoar. Não consigo andar por aí com a mesma facilidade que você. Aos trinta e três anos, tenho certos hábitos.

– Isso é mau – disse ele. – Claro que também tenho hábitos... hábitos de comer, de dormir, de trabalhar... mas acho que você não estava falando disso, estava?

– Não vamos falar disso. Não é a isso que estou me referindo, não.

∗

No dia seguinte o sr. Copperfield disse que iam sair e dar uma olhada no jângal. A sra. Copperfield disse que não tinham o equipamento adequado, e ele explicou que não queria dizer que iam explorar o jângal, mas apenas andar pela fímbria, onde havia trilhas.

— Não se assuste com a palavra "jângal" — disse. — Afinal, significa apenas floresta tropical.

— Se eu não tiver vontade de entrar, não entro. Não importa. Esta noite vamos voltar a Colón, não vamos?

— Bem, pode ser que estejamos cansados demais, e teremos de ficar aqui outra noite.

— Mas eu disse a Pacífica e à sra. Quill que estaríamos de volta esta noite. Vão ficar desapontadas se não voltarmos.

— Você não está realmente pensando *nelas*, está?... Afinal, Frieda! De qualquer modo, não acredito que elas se importem. Vão entender.

— Não vão, não — respondeu a sra. Copperfield. — Vão ficar desapontadas. Eu lhes disse que voltaríamos antes da meia-noite, e que íamos sair para comemorar. Tenho certeza de que a sra. Quill vai ficar muito desapontada, ela adora comemorações.

— Mas quem, afinal, é essa sra. Quill?

— A sra. Quill... a sra. Quill e Pacífica.

— Sim, eu sei, mas é tão ridículo. Achei que você não havia de se interessar em ver essas duas senão uma só noite. Achei que em pouquíssimo tempo ia ver quem elas são.

— Ah, eu sei quem são, mas me divirto tanto com elas. — O sr. Copperfield não respondeu.

Saíram e andaram pelas ruas até chegarem a um lugar onde havia uns ônibus. Perguntaram sobre os roteiros e entraram num chamado *Shirley Temple*. Na porta interna das portas havia desenhos de Mickey Mouse. O motorista grudara cartões-postais de santos e da Virgem Maria no para-brisa sobre sua cabeça. Estava tomando Coca-Cola quando eles entraram no ônibus.

— *En que barco vinieron?* — perguntou o motorista.

— *Venimos de Colón* — disse o sr. Copperfield.

— O que foi isso? — perguntou-lhe a sra. Copperfield.

— Ele perguntou apenas em que barco viemos, e eu respondi que acabamos de chegar de Colón. Sabe, a maioria das pessoas acaba de sair de algum navio. É o mesmo que perguntar às pessoas onde moram, em outros lugares.

— *J'adore Colón, c'est tellement...* — começou a sra. Copperfield. O sr. Copperfield pareceu constrangido.

— Não fale em francês com ele. Não faz sentido. Fale em inglês.

— Eu adoro Colón.

O motorista fez uma careta.

— Cidade de madeira, cidade suja. Tenho certeza de que cometeu um grave engano. Vai ver. Vai gostar mais de Panama City. Mais lojas, mais hospitais, cinemas maravilhosos, grandes restaurantes limpos, casas maravilhosas, de pedra; Panama City é um lugar grande. Quando passarmos por Ancón eu lhe mostro como são bonitos os gramados e as árvores e as calçadas. Não podem mostrar nada parecido em Colón. Sabe quem gosta de Colón? — ele se debruçou no encosto do seu assento, e como estivessem sentados atrás dele, ficou soprando bem na cara deles.

— Sabe quem gosta de Colón? — ele piscou para o sr. Copperfield. — Elas estão em toda parte nas ruas. É isso que a cidade é, nada mais. Podemos ter disso também, mas num local separado. Se gostar, pode ir. Temos de tudo aqui.

— O senhor quer dizer, as putas? — perguntou a sra. Copperfield com voz clara.

— *Las putas* — o sr. Copperfield explicou em espanhol. Estava encantado com o rumo da conversa, e receava que o motorista não a saboreasse completamente.

O motorista cobriu a mão com boca com a mão e riu.

— Ela adora isso — disse o sr. Copperfield dando um empurrão na mulher.

— Não... não — disse o motorista. — Ela não poderia.

— Todas foram muito boazinhas comigo.

— *Boazinhas*! — o motorista estava quase gritando. — Não têm nada de boazinhas. — Fez um pequeno círculo com o polegar e o

71

indicador. – Não têm nada de boazinhas... alguém andou bobeando a senhora. Ele sabe? – Pôs a mão na perna do sr. Copperfield.

– Receio não entender nada desse assunto – disse o sr. Copperfield. O motorista piscou mais uma vez o olho para ele, depois disse:

– Ela acha que conhece *las*... não vou dizer a palavra, mas nunca encontrou nenhuma.

– Encontrei, sim. Até dormi a *siesta* com uma delas.

– *Siesta*! – O motorista ria alto. – Não brinque por favor, senhora. Sabe, não é muito bonito. – De repente parecia muito sério. – Não, não, não. – Meneava brandamente a cabeça.

Agora o ônibus estava lotado, e o motorista teve de partir. Cada vez que parava, virava-se e brandia o dedo para a sra. Copperfield. Passaram por Ancón e por vários edifícios baixos sobre colinas pequenas.

– Hospitais – berrou o motorista para informar o sr. e a sra. Copperfield. – Eles têm médicos para qualquer coisa do mundo aqui. O exército pode se tratar aí de graça. Eles comem e dormem, e ficam curados de graça. Alguns dos velhos passam aí o resto da vida. Eu sonho em entrar no Exército Americano, e não dirigir este ônibus imundo.

– Eu odiaria ter de me alistar – disse o sr. Copperfield, veemente.

– Eles estão sempre indo a jantares, bailes, bailes e jantares – comentou o motorista. No fundo do ônibus houve um murmúrio. As mulheres estavam todas ansiosas por saber o que o motorista estava falando. Uma delas, que falava inglês, explicava depressa às outras, em espanhol. Todas riram depois, durante uns bons cinco minutos. O motorista começou a cantar "Over There", e as risadas chegaram à histeria. Agora estavam quase no campo, rodando ao longo de um rio. Do outro lado do rio havia uma estrada bem nova, e atrás dela uma floresta densa e incrível.

– Ora, veja – disse o sr. Copperfield apontando a floresta. – Está vendo a diferença? Está vendo as árvores enormes ali, e como a vegetação por baixo é intrincada? Até daqui a gente pode ver isso. As florestas do norte nunca parecem tão ricas.

— É verdade, não parecem — disse a sra. Copperfield.

Por fim o ônibus parou num minúsculo atracadouro. Só três mulheres e os Copperfield estavam no veículo agora. A sra. Copperfield olhou para elas, desejando que também fossem para o jângal.

O sr. Copperfield desceu do ônibus, e ela seguiu relutante. O motorista já estava na rua, fumando. Estava parado do lado do sr. Copperfield, na esperança de que este começasse outro diálogo. Mas o sr. Copperfield estava excitado demais, perto do jângal, para pensar em qualquer outro assunto. As três mulheres não desembarcaram. Ficaram em seus assentos, falando. A sra. Copperfield olhou para o ônibus e para elas, com um ar perplexo. Parecia dizer: "Por favor, saiam, não querem vir?". Elas estavam constrangidas e começaram a dar risadinhas outra vez.

A sra. Copperfield foi até o motorista e disse.

— Esta é a última parada?

— Sim — disse ele.

— E elas?

— Quem? — perguntou ele, com ar de tolo.

— Aquelas três damas nos fundos do ônibus.

— Elas passeiam. São senhoras muito boazinhas. Não é a primeira vez que andam no meu ônibus.

— Para lá e para cá?

— Claro — disse o motorista.

O sr. Copperfield pegou a mão da sra. Copperfield e levou-a para o atracadouro. Uma pequena balsa se aproximava. Parecia não haver ninguém em cima dela.

De repente a sra. Copperfield disse ao marido:

— Eu não quero ir até o jângal. Ontem foi um dia tão esquisito, e terrível. Se eu tiver outro dia como aquele, vou ficar péssima. Por favor, me deixe voltar para o ônibus.

— Mas depois de ter vindo até aqui — disse o sr. Copperfield —, parece tão tolo e sem sentido, voltar. Tenho certeza de que vai achar o jângal bastante interessante. Já estive num antes. A gente vê as folhas e flores mais estranhas. E tenho certeza de que você haveria de escutar ruídos singulares. Alguns dos pássaros dos trópicos têm vozes como xilofones, outros como sinos.

– Eu achei que talvez quando chegasse aqui me sentisse inspirada; que teria vontade de entrar lá. Mas não sinto vontade nenhuma. Por favor, não vamos discutir isso.

– Tudo bem – disse o sr. Copperfield. Parecia triste e solitário. Gostava tanto de mostrar aos outros as coisas que apreciava mais. Começou a afastar-se em direção da beira da água, e ficou olhando o outro lado do rio. Era muito esguio, e sua cabeça tinha um lindo formato.

– Ah, por favor, não fique triste – disse a sra. Copperfield, correndo até ele. – Não permito que fique triste. Sinto-me como uma vaca. Uma assassina. Mas eu só incomodaria você no jângal, do outro lado do rio. Quando chegar lá você vai adorar, e poderá ir muito mais longe sem mim.

– Mas, minha cara... não me importo... só espero que consiga chegar em casa direito, de ônibus. Deus sabe quando eu vou chegar em casa. Posso resolver ficar caminhando mais, e mais... e você não gosta de estar sozinha no Panamá.

– Muito bem – disse a sra. Copperfield –, que tal eu voltar de trem para Colón? É uma viagem simples, e eu só tenho um nécessaire comigo. Aí você pode me seguir esta noite, se voltar cedo do jângal; e se não voltar, pode ir amanhã de manhã. De qualquer jeito tínhamos planejado voltar para lá amanhã. Mas tem de me dar sua palavra de honra de que vai.

– É tudo tão complicado – disse o sr. Copperfield. – Pensei que íamos ter um dia divertido no jângal. Volto amanhã. A bagagem está lá, de modo que não há perigo de eu não voltar. Adeus. – Ele lhe deu a mão. A balsa arranhava a beira do atracadouro.

– Escute – disse ela –, se você não voltar até meia-noite de hoje, eu vou dormir no Hotel de las Palmas. E vou telefonar ao nosso hotel à meia-noite, para ver se você chegou enquanto eu estava fora.

– Não estarei lá antes de amanhã.

– Então, se não estiver lá eu estarei no Hotel de las Palmas.

– Tudo bem, mas seja boazinha e durma um pouco.

— Sim, claro que vou dormir.

Ele entrou no barco e empurrou-o, afastando-o da margem.

— Espero que este dia não esteja estragado – disse ela para si mesma. A ternura que sentia por ele agora era quase avassaladora. Voltou ao ônibus e ficou olhando fixamente pela janela, porque não queria que ninguém a visse chorar.

*

A sra. Copperfield foi direto ao Hotel de las Palmas. Quando descia da carruagem, viu Pacífica andando sozinha em sua direção. Pagou o cocheiro e correu até ela.

— Pacífica! Que bom ver você!

Na testa de Pacífica havia um eczema. Parecia cansada.

— Ah, sra. Copperfield – disse ela. – A sra. Quill e eu achávamos que nunca mais íamos ver você, e agora você voltou.

— Mas Pacífica, como pode dizer uma coisa dessas? Fico surpresa com vocês duas. Eu não tinha prometido que ia voltar antes da meia-noite e que íamos comemorar?

— Sim, mas as pessoas muitas vezes dizem isso. Afinal ninguém fica zangado se não voltam.

— Vamos cumprimentar a sra. Quill.

— Tudo bem, mas ela esteve num mau humor terrível o dia todo, chorou muito e não comeu nada.

— Mas o que foi que aconteceu?

— Acho que andou brigando com o namorado. Ele não gosta dela. Eu lhe digo isso, mas ela não quer me ouvir.

— Mas a primeira coisa que ela me disse foi que não se interessava por sexo.

— Ela não se interessa muito por ir para a cama, mas é terrivelmente sentimental, como se tivesse dezesseis anos. Não gosto de ver uma velha se fazer de boba desse jeito.

Pacífica ainda usava as chinelas de quarto. Passaram pelo bar cheio de homens fumando charutos e bebendo.

— Meu Deus! Num minuto eles deixam qualquer lugar fedorento – disse Pacífica. – Eu queria poder ter uma casinha bonita com jardim em qualquer lugar.

– Vou ficar morando aqui, Pacífica, e vamos nos divertir muito.

– Passou o tempo de a gente se divertir – disse Pacífica, melancólica.

– Você vai se sentir melhor depois que todas tivermos tomado uma bebida – disse a sra. Copperfield.

Bateram à porta da sra. Quill.

Ouviram-na andando pelo quarto e remexendo em papéis. Depois ela veio até a porta e abriu. A sra. Copperfield notou que parecia mais débil do que de costume.

– Entrem – disse ela –, embora eu não tenha nada para lhes oferecer. Podem se sentar um pouco.

Pacífica abraçou a sra. Copperfield. A sra. Quill voltou à sua cadeira e pegou um punhado de contas que estavam sobre a mesa perto dela.

– Preciso dar uma olhada nisso aqui. Vão me desculpar mas são terrivelmente importantes.

Pacífica virou-se para a sra. Copperfield, e falou docemente:

– Ela nem pode ver nada porque está sem os óculos. Está se portando como uma criança. Agora vai ficar furiosa conosco porque o namorado, como o chama, a abandonou. Eu não queria ser tratada como cachorro por muito tempo.

A sra. Quill ouviu o que Pacífica estava dizendo, e corou. Virou-se para a sra. Copperfield.

– Ainda pretende vir morar neste hotel? – perguntou.

– Sim – disse a sra. Copperfield, animada –, eu não moraria em outro lugar por nada deste mundo. Mesmo que a senhora me trate mal.

– Provavelmente não vai achar bastante confortável.

– Não resmungue com a Copperfield – interveio Pacífica. – Primeiro, ela esteve fora dois dias, e segundo, ela não sabe, como eu, quem a senhora é.

– Ficaria agradecida se você calasse esse seu bico pequeno e vulgar – retorquiu a sra. Quill, remexendo rapidamente nas contas.

– Lamento ter incomodado a senhora, sra. Quill – disse Pacífica, levantando-se e andando até a porta.

— Eu não estava gritando com a Copperfield, eu só disse que penso que ela não vai achar o lugar aqui confortável. — A sra. Quill largou as contas. — Você acha que ela vai ficar bem instalada aqui, Pacífica?

— Uma coisa pequena e vulgar não sabe nada a respeito desses assuntos — respondeu Pacífica, e saiu do quarto deixando a sra. Copperfield com a sra. Quill.

Esta pegou algumas chaves de cima da cômoda, e fez um sinal à sra. Copperfield para que a seguisse. Passaram por corredores, subiram um lance de escadas, e a sra. Quill abriu a porta de um dos quartos.

— É perto do de Pacífica? — perguntou a sra. Copperfield.

Sem responder, a sra. Quill a levou novamente por corredores, e parou perto do quarto de Pacífica.

— Este é mais caro — disse a sra. Quill —, mas fica perto do quarto da srta. Pacífica, se a senhora gosta disso, e se suportar o barulho.

— Que barulho?

— Assim que acorda de manhã ela começa a se lamentar alto e derrubar coisas. Mas não a afeta em nada, ela é dura. Não tem um nervo naquele corpo.

— Sra. Quill...

— Sim?

— Pode pedir a alguém que traga uma garrafa de gim ao meu quarto?

— Acho que posso conseguir isso... Bom, espero que se sinta bem aqui. — A sra. Quill afastou-se. — Vou mandar trazer a sua maleta — disse olhando por cima do ombro.

A sra. Copperfield estava horrorizada com o rumo dos acontecimentos.

"Eu pensava", disse para si mesma, "que tudo ia continuar sempre do jeito que estava indo. Agora tenho de ser paciente, e esperar que tudo se arrume outra vez. Quanto mais eu vivo, menos consigo prever as coisas."

Então deitou-se na cama, ergueu os joelhos e segurou os tornozelos com as mãos.

– Alegria... alegria... alegria... – cantarolou balançando-se na cama. Bateram à porta, e um homem de suéter listrado entrou no quarto sem esperar resposta.
– Pediu uma garrafa de gim? – perguntou.
– Pedi, sim... viva!
– E aqui tem a mala. Vou botar aqui.
A sra. Copperfield pagou, e ele saiu.
– Agora – disse ela saltando na cama –, agora uma gotinha de gim para espantar meus problemas. Não existe maneira melhor. De repente o gim tira todos os problemas das mãos da gente, e se acaba saltando como um bebezinho. Esta noite quero ser um bebezinho. – Ela tomou um gole, e logo depois outro. O terceiro, bebeu mais devagar.

As persianas marrons da sua janela estavam bem abertas, e um vento leve trazia para o quarto um cheiro de gordura frita. Ela foi até a janela e olhou a ruela lá embaixo, que separava o Hotel Las Palmas de um grupo de choupanas.

Havia uma velha sentada numa cadeira na ruela, comendo seu jantar.
– Coma tudo direitinho! – disse a sra. Copperfield. A velha ergueu os olhos, vagamente, mas não respondeu.

A sra. Copperfield pôs a mão no coração.
– *Le bonheur* – sussurrou –, *le bonheur*... um momento de felicidade é um anjo... como é bom não ter de lutar demais pela paz interior! Eu sei que vou adorar certos momentos de alegria, querendo ou não. Nenhum de meus amigos hoje em dia fala em ter caráter... e o que mais nos interessa é certamente descobrir quem somos.

– Copperfield! – Pacífica entrou correndo no quarto. Seu cabelo estava desgrenhado e ela parecia ofegante. – Desça e venha se divertir. Talvez sejam o tipo de homens com quem você gosta de estar, mas se não gostar deles pode ir embora. Ponha um pouco de ruge no rosto. Posso tomar um pouco do seu gim, por favor?
– Mas faz um minuto você disse que o tempo de se divertir tinha passado!
– Que diabo!

— Sim, que diabo — disse a sra. Copperfield. — Isso é música para os ouvidos de qualquer pessoa... Se você ao menos pudesse me fazer parar de pensar, sempre, Pacífica.

— Você não quer parar de pensar. Quanto mais você pensa, mais se acha melhor do que os outros. Agradeça ao seu Deus por poder pensar.

No bar, lá embaixo, a sra. Copperfield foi apresentada a três ou quatro homens.

— Esse homem é o Lou — disse Pacífica, puxando uma banqueta de baixo do bar e fazendo-a sentar perto dele.

Lou era pequeno, e tinha mais de quarenta anos. Usava um terno cinza-claro, e chapéu de palha.

— Ela quer parar de pensar — disse Pacífica a Lou.

— Quem quer parar de pensar? — perguntou Lou.

— A Copperfield. Essa menininha sentada na banqueta, seu grande bobo.

— Boba é você. Está ficando igualzinha àquelas moças de Nova Iorque — disse Lou.

— Me leve a Nueva Iork, me leve a Nueva Iork — disse Pacífica, embalando-se em sua cadeira.

A sra. Copperfield ficou chocada ao ver Pacífica comportando-se de jeito tão coquete.

— Lembre-se dos botões da barriga* — disse Lou a Pacífica.

— Botões da barriga! Botões da barriga! — Pacífica jogou os braços no ar, guinchando de alegria.

— O que têm os botões da barriga? — indagou a sra. Copperfield.

— Não acha as duas palavras mais gozadas do mundo? Barriga e botão... barriga, botão... em espanhol é *ombligo*.

— Não acho isso engraçado. Mas se você gosta de rir, então vamos, ria — disse Lou sem tentar puxar conversa com a sra. Copperfield.

Esta puxou na manga dele.

— De onde você vem? — perguntou.

— Pittsburgh.

---

* Jogo de palavras intraduzível: "umbigo" em inglês é "*belly button*", textualmente "botão da barriga". (N.T.)

— Não sei nada sobre Pittsburgh — disse a sra. Copperfield, mas Lou olhava para Pacífica.

— Botão da barriga — disse ele de repente, sem mudar de expressão. Dessa vez, Pacífica não riu. Parecia nem ter escutado. Estava parada sobre o apoio para os pés, no bar, acenando os braços agitada.

— Ora, ora — disse ela —, ninguém ainda pediu uma bebida para a Copperfield. Estou com homens ou menininhos? Não, não... Pacífica vai procurar outros amigos. — Ela começou a descer do bar, ordenando à sra. Copperfield que a seguisse. Entrementes, derrubou com o cotovelo o chapéu do homem sentado a seu lado.

— Toby — disse-lhe —, você devia se envergonhar. — Toby tinha um rosto gordo e sonolento, com nariz quebrado. Vestia um terno pesado, marrom-escuro.

— Que foi? Você queria uma bebida?

— Claro que eu queria uma bebida — os olhos de Pacífica estavam fuzilando.

Todo mundo recebeu suas bebidas, e ela voltou a sentar-se na sua banqueta.

— Vamos lá — disse ela —, o que é que a gente vai cantar?

— Eu sou de uma nota só — disse Lou.

— Cantar não é o meu forte — disse Toby.

Todos ficaram surpreendidos ao ver a sra. Copperfield jogar a cabeça para trás, como se dominada por uma súbita exaltação, e começar a cantar.

"Who cares if the sky cares to fall into the sea
Who cares what banks fail in Yonkers
As long as you've got the kiss that conquers
Why should I care?
Life is one long jubilee
As long as I care for you
*And you care for me"**

---

* Quem se importa se o céu cai no mar / quem se importa com que bancos faliram em Yonkers / desde que você tenha esse beijo sedutor / por que eu me importaria? / A vida é uma só longa festa / enquanto eu me importar com você / e você se importar comigo. (N.T.)

— Bom, ótimo... agora, mais uma coisa — disse Pacífica com voz sarcástica.

— Você cantava nalgum clube? — perguntou Lou à sra. Copperfield. O rosto dela estava em fogo.

— Na verdade não. Mas quando tinha vontade eu costumava cantar bem alto na mesa de um restaurante, e chamava muita atenção.

— Da última vez que estive em Colón você não era tão amiga de Pacífica.

— Meu caro, eu nem estava aqui. Acho que estava em Paris.

— Ela não me contou que você esteve em Paris. Você é maluca, ou esteve mesmo em Paris?

— Estive em Paris... Afinal, aconteceram coisas bem estranhas.

— Então você é extravagante?

— O que quer dizer *extravagante*?

— Extravagante é quem faz coisas extravagantes.

— Bom, se você quer ser misterioso, tudo bem, mas a palavra *extravagante* não significa nada para mim.

— Ei — disse Lou a Pacífica —, ela está tentando me bobear?

— Não, ela é muito inteligente. Não é como você.

Pela primeira vez a sra. Copperfield sentiu que Pacífica se orgulhava dela. Entendeu que todo esse tempo Pacífica esperara para exibi-la aos seus amigos, e não soube se isso a deixava contente ou não. Lou virou-se outra vez para a sra. Copperfield.

— Desculpe, Duquesa. Pacífica diz que você é pessoa fina e que eu não devia lhe falar desse jeito.

A sra. Copperfield ficou aborrecida com Lou, por isso saltou da banqueta e parou-se entre Toby e Pacífica. Toby falava com a moça numa voz baixa e grossa.

— Estou lhe dizendo que se ela botar uma cantora aqui e pintar um pouco o local pode ganhar uma boa grana com essa espelunca. Todo mundo sabe que é um lugar bom para se divertir, mas não tem música. Você está aqui, um monte de amigos, e você tem um jeitinho...

— Toby, não quero música e montes de amigos. Eu sou do tipo quieto...

— É, você é quietinha. Esta semana está quieta e quem sabe na semana que vem não vai estar tão quieta assim...

— Eu não mudo de ideia assim tão depressa, Toby. Tenho um namorado. Sabe, não quero continuar morando aqui muito tempo.

— Mas está morando aqui, agora.

— Sim.

— Bom, você quer ganhar um dinheirinho. Acredite, com um dinheiro a gente podia dar um jeito nessa espelunca.

— Mas por que é que eu tenho de estar aqui?

— Porque você tem os contatos.

— Nunca vi um cara como você, falando em negócios o tempo todo.

— Você mesma não é tão ruim em negócios. Eu bem que vi você descolar um drinque para a sua amiguinha. Você bem que tira a sua lasquinha, não é?

Pacífica deu uma canelada em Toby.

— Olhe, Pacífica, eu gosto de me divertir. Mas não posso ver uma coisa que podia estar dando muita grana tirando um lucro tão pequeno.

— Pare de se preocupar tanto – Pacífica tirou o chapéu da cabeça dele. Toby entendeu que não havia nada a fazer, e suspirou.

— Como vai Emma? – perguntou, sem muito interesse.

— Emma? Não vi Emma desde aquela noite no navio. Ela estava tão linda vestida de marinheiro.

— Mulheres ficam fantásticas vestidas de homem – interveio a sra. Copperfield, entusiasmada.

— É o que você pensa – disse Toby. — Para mim, ficam melhor de babadinhos.

— Ela só estava dizendo que por um minuto elas ficam bem – disse Pacífica.

— Não para mim – disse Toby.

— Tudo bem, Toby, talvez para você não, mas para ela ficam bonitas vestidas de homem.

— Ainda acho que eu estou certo. Não é só questão de opinião.

— Bem, você não consegue provar isso matematicamente – disse a sra. Copperfield. Toby olhou para ela, sem manifestar qualquer interesse.

– E que tal a Emma? – perguntou Pacífica. – Você não está mesmo interessado, por fim, em alguém?

– Você me pediu para falar em alguma coisa que não fossem negócios, e pergunto por Emma só para mostrar que sou um cara sociável. Nós dois conhecemos Emma. Estamos juntos numa festa. Não era a coisa certa para se fazer? Como vai Emma, como vão a mamãe e o papai. É o tipo de conversa de que você gosta. Depois eu lhe digo como vai a minha família, e quem sabe comento de outra amiga que nós dois esquecemos que conhecíamos, e depois dizemos que os preços estão subindo, e vamos ter revolução, e todos comemos morangos. Os preços estão subindo depressa, e por isso eu queria que vocês ganhassem dinheiro nesta josta.

– Meu Deus – disse Pacífica –, minha vida já é bastante dura, e eu sou uma mulher sozinha, mas ainda consigo me divertir como uma menininha. *Você* é que parece um velho.

– Sua vida não precisa ser dura, Pacífica.

– Bom, sua vida ainda é muito dura e você está sempre tentando fazer as coisas mais fáceis. Essa é a pior parte, também na sua vida.

– Eu estou só esperando para conseguir uma chance. Com minhas ideias e uma chance, minha vida pode ficar boa da noite para o dia.

– E aí, o que é que você pretende fazer?

– Fazer com que continue assim, ou talvez até melhor ainda. E vou estar bem ocupado com isso.

– Você nunca vai ter tempo para nada.

– Para que um cara como eu vai querer tempo... Para plantar tulipas?

– Toby, você nem ao menos gosta de falar comigo.

– Claro. Você é boazinha e bonita e tem uma cabeça boa, apesar das suas ideias malucas.

– E eu? Também sou boazinha e bonita? – perguntou a sra. Copperfield.

– Claro. Você é muito boazinha e bonita.

– Copperfield, acho que nós duas acabamos de ser insultadas – disse Pacífica, erguendo-se.

A sra. Copperfield começou a sair da sala, numa raiva fingida, mas Pacífica já estava pensando em outra coisa, e a sra. Copperfield achou-se na posição ridícula de um ator subitamente sem plateia. Então voltou para o bar.

— Olhe — disse Pacífica —, suba e bata na porta da sra. Quill. Diga que o sr. Toby quer muito se encontrar com ela. Não diga que foi Pacífica quem mandou você. Ela vai saber de qualquer jeito, e vai ser mais fácil para ela, se você não disser. Ela vai gostar muito de descer. Sei disso tão bem como se ela fosse minha mãe.

— Ah, Pacífica, vou adorar isso — disse a sra. Copperfield e saiu da sala correndo.

Quando a sra. Copperfield chegou ao quarto da sra. Quill, esta estava ocupada limpando a gaveta de cima de sua cômoda. Estava muito quieto e muito quente no quarto.

— Nunca me animo a jogar fora essas coisas — disse a sra. Quill virando-se e ajeitando o cabelo. — Acho que você conheceu metade de Colón hoje — disse, examinando o rosto corado da sra. Copperfield.

— Não, mas você podia descer e encontrar o sr. Toby?
— Quem é o sr. Toby, meu bem?
— Ora, venha, venha, por mim!
— Tudo bem, querida, se você se sentar um pouco e esperar enquanto visto uma roupa melhor.

A sra. Copperfield sentou-se. Sua cabeça rodava. A sra. Quill tirou do armário um vestido longo, de seda preta. Enfiou-o pela cabeça, depois tirou da caixa de joias algumas fieiras de contas pretas, e um broche de camafeu. Passou cuidadosamente pó no rosto e meteu vários grampos no cabelo.

— Não vou tomar banho — disse quando terminara. — Escute, você acha mesmo que eu devo descer e encontrar esse sr. Toby, ou quem sabe acha que outra noite seria melhor?

A sra. Copperfield pegou a mão da sra. Quill e puxou-a para fora do quarto. A entrada da sra. Quill no bar foi graciosa e muito formalizada. Ela já estava tirando vantagens da mágoa que o namorado lhe causara.

— Agora, meu bem — disse calmamente à sra. Copperfield —, diga-me qual desses aí é o sr. Toby.

— Aquele sentado junto de Pacífica — disse a sra. Copperfield, hesitante. Tinha receio de que a sra. Quill o achasse totalmente sem graça e saísse da sala.

— Já vi. O cavalheiro gordo.

— Você detesta gente gorda?

— Eu não julgo as pessoas pelo corpo. Mesmo quando era mocinha, eu gostava dos homens pelas ideias. Agora que cheguei à meia-idade é que vejo como eu estava certa.

— Eu sempre adorei belos corpos — disse a sra. Copperfield —, mas isso não quer dizer que eu me apaixono por pessoas de corpo bonito. Alguns dos corpos que apreciei foram horrendos. Venha, vamos até o sr. Toby.

Toby levantou-se para a sra. Quill e tirou o chapéu.

— Venha sentar conosco e tome uma bebida.

— Deixe que eu me ajeito, meu rapaz, deixe que eu me ajeito.

— Este bar é seu, não é? — disse Toby, com ar preocupado.

— Sim, sim — disse a sra. Quill mansamente. Estava olhando fixamente o alto da cabeça de Pacífica. — Pacífica — disse ela —, não beba demais. Tenho de vigiar você.

— Não se preocupe, sra. Quill. Faz muito tempo que cuido de mim mesma. — Ela virou-se para Lou e disse, em tom solene: — Quinze anos. — Pacífica agia com absoluta naturalidade. Portava-se como se nada tivesse acontecido entre ela e a sra. Quill. A sra. Copperfield estava encantada. Passou os braços pela cintura da sra. Quill e apertou-a com força.

— Oh — disse —, oh, você me faz tão feliz!

Toby sorriu:

— A moça está se sentindo muito bem, sra. Quill. Agora, não quer uma bebida?

— Sim, vou beber um copo de gim. Fico triste vendo como essas meninas saem de casa jovens. Eu tive minha casa, minha mãe, irmãs e irmãos, até os vinte e seis anos. Mesmo assim, quando me casei, me senti como uma lebre assustada. Como se estivesse saindo para o mundo. O sr. Quill foi como uma família para mim, e só quando ele morreu eu realmente caí no mundo. Estava na casa dos trinta, e mais assustada do que nunca. Pacífica realmente viveu no mundo bem mais tempo do que eu. Sabe, ela é como um velho capitão de navio. Às vezes me sinto muito boba quando ela me conta alguma de suas experiências. Meus olhos quase saltam das órbitas. Não é tanto questão de idade, mas de experiência. Deus me poupou mais do que a Pacífica. Ela não foi poupada de coisa alguma. Mesmo assim, não é tão nervosa quanto eu.

— Bom, para alguém com tanta experiência, ela não sabe cuidar tão bem de si mesma.

— Sim, espero que tenha razão — disse a sra. Quill, mais cordial com Toby.

— Claro que tenho razão. Mas ela tem montes de amigos aqui no Panamá, não tem?

— Acho que posso dizer que Pacífica tem muitos amigos — disse a sra. Quill.

— Ora, vamos, você sabe que ela tem montes de amigos, não sabe?

Como a sra. Quill parecesse meio espantada com o tom insistente da voz dele, Toby achou que estava pressionando demais as coisas.

— Bom, de qualquer jeito, quem liga para isso? — disse ele, espreitando-a pelo canto do olho. Aquilo pareceu ter o efeito certo na sra. Quill, e Toby respirou aliviado.

A sra. Copperfield foi até um banco no canto da sala e deitou-se. Fechou os olhos e sorriu.

— Isso é o melhor para ela — disse a sra. Quill a Toby. — É uma boa mulher, uma mulher muito terna, e bebeu um pouco demais. Pacífica pode realmente cuidar de si mesma, como diz. Eu já a vi beber como um homem, mas com ela é diferente. Como eu disse, ela teve todas as experiências deste mundo. Mas a sra. Copperfield e eu temos de nos controlar mais, ou precisamos de um homem simpático para cuidar de nós.

— É... — disse Toby girando-se em sua banqueta. — Garçom, outro gim. A senhora quer um, não quer? — perguntou à sra. Quill.

– Sim, se você cuidar de mim.
– Claro que vou. Até levo você para casa nos meus braços, caso você caia no chão.
– Ah, não – A sra. Quill deu uma risadinha, corando. – Você nem tente isso, meu rapaz. Sabe, eu sou pesada.
– Sim. É... escute...
– Sim?
– Você se importa de me dizer uma coisa?
– Ficaria encantada de lhe dizer o que você quiser.
– Como é que ainda não se interessou por ajeitar este lugar?
– Ah, não está mesmo horrível? Sempre prometi a mim mesma que ia arrumar tudo, e nunca me animei.
– Não tem grana? – perguntou Toby. A sra. Quill parecia vaga. – Não tem o dinheiro para arrumar tudo? – repetiu ele.
– Ah, sim, claro que tenho. – A sra. Quill passou os olhos pelo bar. – Tenho até umas coisas lá em cima, que sempre prometi a mim mesma pendurar aqui pelas paredes. Tudo tão sujo, não é? Sinto até vergonha.
– Não, não – disse Toby impaciente. Agora estava muito animado. – Não foi isso que eu quis dizer, de jeito nenhum.
A sra. Quill lhe sorriu, docemente.
– Olhe – disse Toby –, andei lidando com restaurantes, bares e clubes a vida toda. Sei fazer com que funcionem direito.
– Tenho certeza disso.
– Estou dizendo que posso fazer isso. Escute, vamos sair daqui: vamos para algum lugar onde a gente possa conversar de verdade. Qualquer lugar da cidade. Posso levar você para qualquer local da cidade que queira. Para mim, vale a pena, e para você vai valer mais ainda. Vai ver. Podemos beber mais, ou quem sabe comer uma coisinha. Escute – ele pegou o braço da sra. Quill – você gostaria de ir ao Hotel Washington?
Primeiro a sra. Quill não reagiu, mas quando percebeu o que ele dissera respondeu que adoraria, com voz trêmula de emoção. Toby saltou da banqueta, puxou o chapéu sobre a cara e começou a sair do bar, dizendo:

— Então, vamos — por cima do ombro para a sra. Quill. Parecia chateado, mas decidido.

A sra. Quill pegou a mão de Pacífica e lhe disse que ia ao Hotel Washington.

— Se houvesse alguma maneira eu levaria você conosco, ia mesmo, Pacífica. Sinto-me muito mal indo até lá sem você, mas não vejo como é que poderia vir, e você?

— Ora, não se preocupe com isso, sra. Quill. Estou me divertindo muito aqui — disse Pacífica, num tom de voz francamente fatigado.

— Aquilo é uma espelunca cheia de nove-horas — disse Lou.

— Ah, não — disse Pacífica. — É muito agradável lá, muito bonito. Ela vai se divertir muito. — Pacífica beliscou Lou. — Você não sabe de nada — disse.

A sra. Quill saiu lentamente do bar e juntou-se a Toby na calçada. Entraram num táxi e foram para o hotel. Toby estava calado. Recostou-se bem no assento e acendeu um charuto.

— Lamento que tenham inventado os automóveis — disse a sra. Quill.

— Você ia ficar maluca tentando ir de um lugar a outro sem eles.

— Ah, não. Eu nunca tenho pressa. Não há nada no mundo que não possa esperar.

— É o que você pensa — disse Toby num tom de voz grosseiro, sentindo que era exatamente isso que teria de combater na sra. Quill. — É exatamente aquele segundo extra que faz com que o Guerreiro ou outro cavalo qualquer chegue primeiro — disse.

— Bem, a vida não é uma corrida de cavalos.

— Hoje em dia, é exatamente isso.

— Bem, não para mim — disse a sra. Quill.

Toby ficou aborrecido.

A vereda que levava à varanda do Hotel Washington era ladeada de tamareiras africanas. O hotel em si era impressionante. Desceram do carro. Toby ficou parado no meio do caminho entre as palmeiras recortadas e olhou o hotel. Estava todo iluminado. A sra. Quill parou-se ao lado de Toby.

— Aposto que ali dentro eles cobram os olhos da cara pelas bebidas — disse Toby. — Aposto que têm um lucro de duzentos por cento.

— Ora, vamos — disse a sra. Quill —, se você acha que não pode pagar, vamos pegar um carro e voltar. De qualquer modo é tão agradável o passeio. — O coração dela estava disparando.

— Não seja idiota! — disse Toby, e foram andando em direção do hotel.

O assoalho no saguão imitava mármore amarelo. Havia num canto um estande de revistas onde os hóspedes podiam comprar chiclete e cartões-postais, mapas e lembranças. A sra. Quill sentia como se acabasse de sair de um navio. Andou por ali em círculos, mas Toby foi direto até o homem atrás do estande de revistas, e perguntou onde podia tomar um aperitivo. Ele sugeriu a Toby que saísse para o terraço.

— Geralmente é lá que todo mundo vai — disse.

Sentaram-se numa mesa no canto do terraço e tinham uma bela vista de um trecho de praia e mar.

Entre eles, sobre a mesa, havia um pequeno abajur com pantalha rosa. Toby começou imediatamente a girar a pantalha. Seu charuto agora era um toco molhado.

Aqui e ali, no terraço, pequenos grupos de pessoas conversavam em voz baixa.

— Troço mais morto! — disse Toby.

— Ah, eu estou achando ótimo — disse a sra. Quill. Estava tremendo um pouco porque o vento soprava em seus ombros, e estava bem mais frio do que em Colón.

Um garçom parava-se ao lado deles com lápis em posição, no ar, esperando que pedissem alguma coisa.

— O que você vai querer? — perguntou Toby.

— O que você sugere, rapaz, algo realmente delicioso? — disse a sra. Quill virando-se para o garçom.

— Ponche de fruta à Washington Hotel — disse o garçom bruscamente.

— Parece realmente bom.

— Ok — disse Toby —, traga um, e para mim uísque puro.

Quando a sra. Quill bebericara boa parte de sua bebida, Toby lhe disse:

— Então você tem a grana mas nunca se interessou em arrumar o local.

— Hum-hum! — disse a sra. Quill. — Essa bebida tem todas as frutas do mundo. Acho que estou me portando como um bebê, mas ninguém no mundo gosta mais de coisas boas do que eu. Claro, nunca tive muito a ver com elas, por isso.

— Você não acha que viver do jeito que vive é gozar as coisas boas do mundo, acha? — disse Toby.

— Vivo bem melhor do que você pensa. Como sabe o jeito que eu vivo?

— Bom, você podia ter mais classe — disse Toby. — E podia ter isso facilmente. Quero dizer, o seu local ficaria melhor com muita facilidade.

— Provavelmente seria fácil, não seria?

— É... — Toby esperou que ela dissesse alguma coisa mais, espontaneamente, antes de lhe falar de novo.

— Veja toda essa gente aqui — disse a sra. Quill. — Não são muitos, mas a gente imagina que iam ficar todos juntos em vez de grupos de dois ou três. Enquanto viverem nesse lindo hotel a gente acha que deviam estar com seus vestidos de baile, divertindo-se incrivelmente todos os minutos, em vez de ficarem só olhando do terraço ou lendo. A gente imagina que eles deviam estar sempre bem-vestidos e flertando uns com os outros, em vez de usarem essas roupas simples.

— Estão com traje esporte — disse Toby. — Não querem se chatear com roupa. Provavelmente vêm aqui descansar. Provavelmente são gente de negócios. Talvez alguns sejam gente da sociedade. Também precisam descansar. Quando estão em casa, vão a tantos lugares onde precisam se exibir.

— Bom, eu não ia pagar todo esse dinheiro só para descansar. Ia ficar na minha própria casa.

— Não faz diferença, eles têm dinheiro o bastante.

— É verdade. Não é uma coisa triste?

— Não vejo nada de triste nisso. O que me parece triste – disse Toby reclinando-se e esmagando o charuto no cinzeiro –, o que me parece triste é que você tem aquele bar e hotel, e não ganha bastante com eles.

— Sim, não é um horror?

— Eu gosto de você e não gosto de ver que não consegue ganhar o que poderia. – Ele pegou a mão dela com certa doçura. – Agora, eu sei o que fazer com seu hotel. Como já lhe disse antes. Lembra o que eu lhe disse antes?

— Bem, você me disse tanta coisa.

— Vou repetir. Estive trabalhando com restaurantes e bares e hotéis a vida toda, e fazendo com que funcionem bem. Eu disse, fazendo. Se eu tivesse a grana agora, se não estivesse duro porque tive de ajudar meu irmão e sua família a sair de um aperto, eu pegaria meu próprio dinheiro antes de você poder dizer "Jack Robinson" e ia meter tudo na sua espelunca e dar um jeito nela. Eu sei que ia ter esse dinheiro de volta de qualquer jeito, de modo que não seria caridade.

— Certamente não seria – disse a sra. Quill. Sua cabeça estava balançando suavemente de um lado para outro. Ela encarou Toby com olhos luminosos.

— Bem, eu preciso baixar a bola agora até outubro, quando terei um contrato. Um contrato com uma cadeia de hotéis. Um pouco de dinheiro agora viria bem, mas não é isso que importa.

— Toby, não se incomode em me explicar tudo isso – disse a sra. Quill.

— O que quer dizer, não se incomode em explicar? Não está interessada no que tenho para lhe dizer?

— Toby, estou interessada em cada palavra que tem a dizer. Mas não se preocupe com as bebidas. Sua amiga Flora Quill está lhe dizendo que não precisa se preocupar. Estamos aqui para nos divertir, e Deus sabe que vamos, hein, Toby?

— Sim, mas então me deixe explicar isso. Acho que o motivo de você não ter feito nada com seu hotel é porque não sabia onde começar, talvez. Agora, eu sei tudo sobre conseguir orquestras, carpinteiros e garçons, e tudo bem barato. Sei fazer tudo isso.

Você tem nome, muita gente gosta de vir à sua casa mesmo agora, porque podem subir direto do bar para os andares de cima. Pacífica é um item importante porque conhece todos os caras da cidade, e eles gostam dela, e confiam nela. O problema é que você não tem o clima, luzes fortes, danças. Não é grande nem bonito o suficiente. As pessoas vão aos outros lugares e depois vão ao seu local muito tarde, logo antes de irem para a cama. Se eu fosse você, ia me revolver na sepultura. São os outros caras que estão conseguindo o lucro. Você só consegue uma miséria, aquilo que fica perto do osso, entendeu?

– A carne perto do osso é a melhor – disse a sra. Quill.

– Ei, será que adianta eu falar ou você vai bancar a boba? Estou falando sério. Ora, você tem dinheiro no banco. Tem dinheiro no banco, não tem?

– Sim, tenho dinheiro no banco – disse a sra. Quill.

– Ok. Muito bem, deixe-me ajudá-la a arrumar sua espelunca. Deixe tudo comigo. Tudo o que você tem a fazer é se deitar e aproveitar a maré.

– Besteira – disse a sra. Quill.

– Ora, vamos – disse Toby, e começou a ficar zangado. – Não estou pedindo nada senão talvez uma porcentagenzinha no local, e um pouco de dinheiro para pagar despesas por algum tempo. Posso fazer tudo tão rápido e barato, e dirigir a espelunca para você de modo que não lhe custe muito mais do que está custando agora.

– Mas eu acho que isso é maravilhoso, Toby. Acho tão maravilhoso.

– Não precisa me dizer que é maravilhoso. Eu sei que é. Não é maravilhoso, é ótimo. É o máximo. Não temos tempo a perder. Tome outro drinque.

– Sim, sim.

– Estou gastando meu último tostão com você – disse ele, rudemente.

Agora a sra. Quill estava embriagada e só balançava a cabeça.

– Vale a pena. – Ele recostou-se na cadeira e examinou o horizonte. Estava muito ocupado calculando mentalmente. – Que porcentagem você acha que eu devo ter no seu local? Não esqueça que por um ano vou administrar tudo por você.

– Ah, meu bem – disse a sra. Quill –, estou certa de que não tenho nem ideia. – Ela lhe sorriu, feliz.

– Ok. Que adiantamento vai me dar para que possa ficar aqui até que o local funcione bem?

– Não sei.

– Bom, vamos imaginar – disse Toby cautelosamente. Não estava ainda seguro de ter dado o passo certo. – Vamos imaginar. Não quero que você faça mais do que pode fazer. Quero fazer esse acordo com você. Me diga quanto tem no banco. Então eu calculo quanto vai lhe custar arrumar sua casa, e depois quanto acho que é o mínimo que eu tenho de ganhar. Se você não tem muito, não vou deixar que vá à falência. Seja honesta comigo, e eu vou ser honesto com você.

– Toby – disse a sra. Quill gravemente –, você não acha que sou uma mulher honesta?

– Mas que diabos – disse Toby –, acha que eu ia lhe fazer uma proposta dessas se pensasse que você não é honesta?

– Não, acho que não – disse a sra. Quill, tristemente.

– Quanto você tem? – perguntou Toby fitando-a intensamente.

– O quê? – perguntou a sra. Quill.

– Quanto tem no banco?

– Eu lhe mostro, Toby. Mostro já. – Ela começou a remexer na sua grande bolsa de couro preto.

Toby estava de maxilares bem fechados, e os olhos desviados do rosto da sra. Quill.

– Confusão... confusão... confusão... – dizia a sra. Quill. – Tenho tudo nesta bolsa menos o fogão da cozinha.

– Os olhos de Toby tinham uma expressão muito quieta quando ela olhou primeiro a água depois as palmeiras. Pensava já ter vencido, e começava a imaginar se seria ou não um bom negócio.

– Santa Mãe – disse a sra. Quill –, eu vivo como uma cigana. Vinte e dois e cinquenta no banco, e eu nem ligo.

Toby tirou rapidamente o livrinho das mãos dela. Quando viu que o saldo marcava vinte e dois dólares e cinquenta, levantou-se, e, amassando o guardanapo com uma mão, e o chapéu na outra, saiu do terraço.

Depois de Toby ter deixado a mesa tão bruscamente, a sra. Quill sentiu uma profunda vergonha de si mesma.

– Ele está tão enojado que nem pode olhar na minha cara sem ter vontade de vomitar – decidiu a sra. Quill. – É porque ele pensa que eu sou biruta por andar por aí feliz como uma cotovia tendo só vinte e dois e cinquenta no banco. Bom, bom, acho melhor começar a me preocupar em fazer um pouco mais de dinheiro. Quando ele voltar vou dizer que vou virar outra página.

Todo mundo agora saíra do terraço, à exceção do garçom que servia a sra. Quill. Ele estava parado com as mãos às costas, olhando firme em frente.

– Sente um pouco e converse comigo – disse a sra. Quill.
– Estou me sentindo muito só neste velho terraço escuro. É um terraço muito lindo. Conte-me alguma coisa sobre você. Quanto dinheiro tem no banco? Eu sei que me acha insolente perguntando isso, mas eu realmente gostaria de saber.

– Por que não? – respondeu o garçom. – Tenho trezentos e cinquenta dólares no banco. – Ele não se sentou.

– Como conseguiu isso? – perguntou a sra. Quill.
– Do meu tio.
– Acho que se sente muito seguro.
– Não.

A sra. Quill começou a imaginar se Toby voltaria ou não. Apertou as mãos uma contra a outra e perguntou ao garçom se sabia aonde fora o cavalheiro que estivera sentado ali com ela.

– Acho que foi para casa – disse o garçom.

– Bom, vamos dar uma olhada no saguão – disse a sra. Quill, nervosa. Pediu ao garçom que fosse com ela.

Foram ao saguão e procuraram juntos, examinando os rostos dos hóspedes que estavam parados em grupos ou sentados em poltronas ao longo das paredes. O hotel estava muito mais animado agora do que quando a sra. Quill chegara com Toby. Ela estava profundamente preocupada e magoada por não ver Toby em parte alguma.

– Acho que é melhor ir para casa e deixar você dormir – disse ela ao garçom, distraída. – Mas não antes de comprar alguma coisa para Pacífica... – Estivera tremendo um pouco, mas a lembrança de Pacífica a tranquilizou.

– Que coisa horrível, pavorosa, insuportável, estar sozinha no mundo, ainda que por um minuto – disse ela ao garçom. – Venha comigo e me ajude a escolher alguma coisa, nada importante, só uma lembrança do hotel.

– É tudo igual – disse o garçom acompanhando-a com relutância. – Tudo um monte de lixo. Não sei o que a sua amiga gosta. Podia comprar essa carteira com Panamá pintado na capa.

– Não, quero uma coisa com o nome do hotel – ela disse.

– Bom – disse o garçom – a maior parte das pessoas não liga para isso.

– Meu Deus, meu Deus – disse a sra. Quill enfaticamente –, será que as pessoas sempre têm de me dizer o que os outros fazem? Já ouvi demais disso. Ela foi até o estande de revistas, e disse ao rapaz atrás do balcão: – Olhe, eu quero alguma coisa com *Hotel Washington* gravado. Para uma mulher.

O homem revisou seu estoque e puxou um lenço que tinha num canto duas palmeiras pintadas, e as palavras *Lembrança do Panamá*.

– Mas a maior parte das pessoas prefere isso – disse ele tirando um imenso chapéu de palha de baixo do balcão, colocando-o na própria cabeça.

– Está vendo, dá tanta sombra como uma sombrinha, e é muito elegante. – Não havia nada escrito no chapéu.

– Aquele lenço – continuou o rapaz –, sabe, a maior parte das pessoas acha que é meio...

– Meu caro jovem – disse a sra. Quill –, eu lhe disse expressamente que queria que esse presente tivesse as palavras *Hotel Washington*, e se possível também um retrato do hotel.

– Mas, dona, ninguém quer uma coisa dessas. As pessoas não querem retratos de hotéis em suas lembranças. Palmeiras, crepúsculos, às vezes até pontes, mas nada de hotéis.

— Você tem ou não alguma coisa com as palavras *Hotel Washington*? – disse a sra. Quill, erguendo a voz.

O vendedor estava começando a ficar zangado. – Eu tenho – disse ele, olhos fuzilando –, se quiser esperar um minuto, madame. – E abriu a portinhola, e saiu pelo saguão. Logo voltou carregando um pesado cinzeiro preto, que depôs no balcão diante da sra. Quill. O nome do hotel estava gravado no centro do cinzeiro, em letras amarelas.

— É o tipo de coisa que a senhora queria? – perguntou.

— Ora, sim – disse a sra. Quill, é isso.

— Tudo bem, madame, são cinquenta cents.

— Isso não vale cinquenta cents – sussurrou o garçom à sra. Quill.

Ela remexeu sua bolsa; não conseguiu encontrar mais de 25 cents de moedas, e nenhuma nota.

— Olhe, disse ao rapaz, sou a proprietária do Hotel Las Palmas. Vou lhe mostrar minha caderneta do banco, com meu endereço escrito na capa. Pode confiar em mim, e me deixar levar esse cinzeiro, desta vez? Veja, eu vim com um amigo, tivemos uma discussão e ele foi para casa antes de mim.

— Não posso fazer nada, madame – disse o vendedor.

Enquanto isso um dos assistentes da gerência, que estivera observando o grupo no estande de revistas do outro canto do saguão, achou que estava na hora de intervir. Tinha grandes suspeitas da sra. Quill, que não lhe parecia à altura dos outros hóspedes, nem mesmo de longe. Também estava admirado, imaginando como é que ela fazia o garçom ficar na frente do estande de revistas tanto tempo. Foi até ele com o ar mais sério e eficiente de que era capaz.

— Aqui está minha caderneta do banco – dizia a sra. Quill ao vendedor.

O garçom, vendo a chegada do gerente, ficou com medo e imediatamente apresentou à sra. Quill a conta pelas bebidas que ela e Toby tinham consumido juntos.

— A senhora deve seis dólares no terraço – disse.

— Ele não pagou? – disse ela. – Acho que deve ter ficado muito nervoso.

— Posso ajudar? – disse o gerente à sra. Quill.
— Estou certa de que pode – disse ela. – Sou a proprietária do Hotel Las Palmas.
— Lamento – disse o gerente –, mas não conheço o Hotel Las Palmas.
— Bem – disse a sra. Quill –, estou sem dinheiro. Vim com um cavalheiro, tivemos uma discussão, mas tenho aqui minha caderneta do banco que vai lhe provar que o senhor terá o dinheiro assim que eu possa ir ao banco amanhã. Não posso assinar um cheque agora, porque o dinheiro está na poupança.
— Lamento – disse o gerente –, mas apenas damos crédito aos hóspedes que moram no hotel.
— Também faço isso em meu hotel – disse a sra. Quill –, a não ser que seja alguma coisa fora do comum.
— Temos por regra jamais dar crédito...
— Eu queria levar esse cinzeiro para casa, para minha amiga. Ela admira o seu hotel.
— Esse cinzeiro é propriedade do Hotel Washington – disse o gerente, franzindo as sobrancelhas e olhando severamente para o vendedor, que disse depressa:
— Ela queria uma coisa com *Hotel Washington* gravado. Eu não tinha nada, por isso achei que podia lhe vender um desses... por cinquenta cents – acrescentou, piscando para o gerente, que estava cada vez mais inclinado para trás sobre os calcanhares.
— Esses cinzeiros – repetiu – são propriedade do Hotel Washington. Temos só um número limitado deles em estoque, e todos os cinzeiros disponíveis estão constantemente em uso.
O vendedor, tratando de não ter mais nada a ver com o cinzeiro para não perder seu emprego, levou-o de volta à mesa de onde o tirara, e reassumiu sua posição atrás do balcão.
— A senhora quer o lenço ou o chapéu? – perguntou à sra. Quill, como se nada tivesse acontecido.
— Ela tem todos os lenços e chapéus de que precisa – disse a sra. Quill. – Acho melhor eu ir para casa.
— A senhora se importa de vir comigo até minha mesa e acertar a conta? – disse o gerente.

— Bem, se esperar até amanhã...
— Receio que isso seja definitivamente contra as regras do hotel, madame. Se pudesse vir por aqui comigo — ele virou-se para o garçom que seguia atentamente aquela conversa. — *Te necesitan afuera* — disse-lhe. — Vamos?

O garçom ia dizer alguma coisa mas resolveu desistir, e foi andando lentamente em direção do terraço. A sra. Quill começou a chorar.

— Espere um minuto — disse, tirando um lenço de sua bolsa. — Espere um minuto... eu gostaria de telefonar à minha amiga Pacífica.

O gerente apontou para a cabine telefônica, e ela saiu depressa, rosto enterrado no lenço. Quinze minutos depois voltou, chorando mais que antes.

— A sra. Copperfield vem me apanhar — disse. — Eu lhe contei tudo. Acho que vou me sentar em algum lugar e esperar.

— A sra. Copperfield tem os fundos necessários para cobrir sua conta?

— Não sei — disse a sra. Quill, afastando-se.

— Quer dizer que não sabe se ela vai poder pagar sua conta?

— Sim, sim, ela vai pagar minha conta. Por favor, me deixe sentar ali.

O gerente concordou. A sra. Quill caiu numa poltrona ao lado de uma alta palmeira. Cobriu o rosto com as mãos e continuou chorando.

Vinte minutos depois, chegou a sra. Copperfield. Apesar do calor usava uma estola de raposa prateada que trouxera para usar só em altitudes maiores.

Embora estivesse transpirando, e malpintada, estava certa de que seria tratada com certa deferência pelos empregados do hotel, por causa daquela raposa prateada.

Acordara um pouco antes, e mais uma vez estava um pouco embriagada. Correu até a sra. Quill, e beijou-a no alto da cabeça.

— Onde está o homem que a fez chorar? — perguntou.

A sra. Quill olhou em volta através das lágrimas e apontou para o gerente. A sra. Copperfield o chamou com o indicador.

Ele foi até lá, e ela perguntou onde podia comprar flores para a sra. Quill.

— Nada como flores quando a gente está doente do corpo ou do coração — disse-lhe. — Ela está sob uma tensão terrível. Pode arranjar flores? — perguntou tirando da bolsa uma nota de vinte dólares.

— Não há florista no hotel — disse o gerente.

— Não parece hotel de luxo — disse a sra. Copperfield.

Ele não respondeu.

— Bem, então — disse ela —, a primeira coisa a fazer é comprar-lhe algo bem gostoso para beber. Sugiro que vamos todos ao bar.

O gerente recusou.

— Mas insisto em que venha conosco — disse a sra. Copperfield. — Quero falar sobre esse assunto com você, acho que seu comportamento foi horrível.

O gerente olhava fixamente para ela.

— O pior em você — continuou a sra. Copperfield — é que agora que sabe que sua conta vai ser paga, continua tão mal-humorado quanto antes. Você foi malvado e desconfiado, e continua desconfiado e malvado. A expressão de seu rosto não mudou nada. Um homem que reage da mesma maneira às coisas boas ou más é um homem perigoso.

Ele ainda não fez nenhum esforço para falar, e ela continuou:

— Você não apenas deixou a sra. Quill totalmente infeliz sem motivo algum, mas ainda estragou a minha diversão. E não sabe nem como agradar às pessoas ricas. — O gerente arqueou as sobrancelhas.

— Não vai entender isso, mas vou lhe dizer mesmo assim. Eu vim aqui por dois motivos. Primeiro, claro, foi tirar minha amiga, sra. Quill, dessa dificuldade. Segundo, eu queria ver sua cara quando visse que a conta, que nunca esperava que fosse paga, estaria paga. Eu queria poder ver a sua transformação. Entende... de inimigo para amigo... É sempre terrivelmente excitante. É por isso que num bom filme o herói muitas vezes odeia a heroína até quase o fim. Mas naturalmente você nem sonha em baixar seus padrões. Acha que seria vulgar transformar-se num ser humano agradável por descobrir que havia dinheiro onde achava que não haveria dinheiro algum. Você acha que os ricos se importam? Eles nunca têm o bastante. Querem ser amados também pelo seu dinheiro, e não só por eles mesmos. Você nem é um bom gerente de hotel. É realmente um idiota em todos os sentidos.

O gerente baixou os olhos cheios de ódio para o rosto erguido da sra. Copperfield. Odiou seus traços finos e sua voz aguda. Achou-a ainda mais repulsiva do que a sra. Quill. Aliás, não gostava de mulheres.

– Você não tem imaginação – disse ela –, nenhuma mesmo! Está alienado de tudo. Onde pago minha conta?

Durante toda a volta para casa, a sra. Copperfield ficou triste porque a sra. Quill estava com ar digno e distante, e nem lhe deu os agradecimentos emocionados que ela tinha esperado receber.

*

Bem cedo na manhã seguinte, a sra. Copperfield e Pacífica estavam juntas no quarto de Pacífica. O céu começava a clarear. A sra. Copperfield nunca vira Pacífica tão embriagada. Seu cabelo estava erguido no alto da cabeça. Parecia agora uma peruca pequena demais para a dona. Suas pupilas estavam muito dilatadas e levemente enevoadas. Havia uma grande mancha na frente de sua blusa estampada, e seu hálito cheirava fortemente a uísque. Ela cambaleou até a janela e olhou para fora. Estava bastante escuro no quarto. A sra. Copperfield quase não conseguia divisar os quadrados vermelhos e roxos na saia de Pacífica. Não podia ver suas pernas, as sombras eram muito densas, mas conhecia bem as grossas meias de seda amarela e as alpargatas brancas.

– É tão lindo – disse a sra. Copperfield.

– Lindíssimo – disse Pacífica virando-se. – Lindíssimo. – Andou pelo quarto, passos inseguros. – Ouça – disse ela –, a coisa mais maravilhosa para se fazer agora é descer até a praia e nadar. Se tiver dinheiro bastante podemos pegar um táxi. Vamos. Você quer?

A sra. Copperfield ficou espantada, mas Pacífica já estava tirando o cobertor da cama.

— Por favor — disse. — Você não sabe que prazer me daria. Preciso levar a toalha.

A praia não era muito longe. Quando chegaram, Pacífica disse ao motorista que voltasse em duas horas.

A praia era coberta de pedras; foi uma decepção para a sra. Copperfield. Embora o vento não fosse muito forte, ela notou que os topos das palmeiras balouçavam.

Pacífica tirou sua roupa e imediatamente entrou na água. Parou algum tempo com as pernas bem separadas, a água mal chegando às canelas, enquanto a sra. Copperfield ficava sentada numa pedra sem saber se devia tirar as roupas ou não. Ouviu-se um súbito chapinhar, e Pacífica começou a nadar. Primeiro nadou de costas, e depois de barriga para baixo, e a sra. Copperfield teve certeza de que a ouvia cantar. Quando por fim Pacífica se cansou de brincar na água, ergueu-se e veio caminhando até a praia. Dava grandes saltos, e os pelos pubianos pendiam entre suas pernas, ensopados. A sra. Copperfield pareceu um pouco embaraçada, mas Pacífica deixou-se cair ao lado dela e perguntou porque não entrava na água.

— Não sei nadar — disse a sra. Copperfield.

Pacífica ergueu o rosto para o céu. Agora podia ver que o dia não seria muito bonito.

— Por que fica sentada nessa pedra horrorosa? — disse. — Venha, tire a roupa e vamos entrar na água. Eu lhe ensino a nadar.

— Eu nunca consegui aprender.

— Pois eu lhe ensino. Se não puder aprender, deixo você se afogar. Não, é só brincadeira, não leve a sério.

A sra. Copperfield tirou a roupa. Era muito branca, e magra, via-se toda a sua espinha ao longo das costas. Pacífica contemplou o corpo dela sem dizer nada.

— Eu sei que tenho um corpo horrível — disse a sra. Copperfield.

Pacífica não respondeu.

— Venha — disse, levantando-se e passando o braço na cintura da sra. Copperfield.

Ficaram paradas com água na altura das coxas, de frente para a praia e as palmeiras. As árvores pareciam mover-se através de um nevoeiro. A praia não tinha nenhuma cor. Atrás delas, o céu clareava muito rapidamente, mas o mar ainda estava quase negro. A sra. Copperfield viu uma afta vermelha, de febre, no lábio de Pacífica. A água gotejava dos seus cabelos sobre os ombros.

A sra. Copperfield segurava forte a mão de Pacífica. Logo tinha água pelo queixo.

– Agora deite de costas. Eu a seguro por baixo da cabeça – disse Pacífica.

A sra. Copperfield olhou em torno, assustada, mas obedeceu, e flutuou de costas, apenas com o apoio da mão aberta de Pacífica debaixo da cabeça para não afundar. Podia ver seus próprios pés estreitos flutuando na superfície da água. Pacífica começou a nadar, puxando a sra. Copperfield. Como usasse só um braço, sua tarefa era árdua, e ela logo respirava como um touro. O toque de sua mão sob a cabeça da sra. Copperfield era muito leve... na verdade, tão leve que a sra. Copperfield teve medo de ser deixada sozinha de um minuto para outro. Ergueu os olhos. O céu estava coberto de nuvens cinzentas. Ela quis dizer alguma coisa a Pacífica, mas não se atrevia a virar a cabeça.

Pacífica nadou mais um pouco para a terra. De repente parou-se e colocou as duas mãos firmemente na parte inferior das costas da sra. Copperfield. Esta sentiu-se a um tempo feliz e nauseada. Virou o rosto, e assim roçou com a face o pesado abdome de Pacífica. Agarrou-se firme na coxa da moça, com a força nascida de anos de dor e frustração.

– Não me abandone! – exclamou alto.

Nesse momento a sra. Copperfield recordou intensamente um sonho que se repetira frequentemente em sua vida. Estava sendo perseguida por um cachorro, numa colina baixa. No topo da colina havia alguns pinheiros e um manequim de cera de oito pés de altura. Ela se aproximava do manequim e descobria que era feito de carne, mas sem vida. Seu vestido era de veludo preto, e na bainha ficava muito estreito. A sra. Copperfield passava um dos braços do manequim firmemente pela própria cintura. Ficava espantada com a grossura do braço, que lhe dava muito prazer. O outro braço do manequim ela curvava para cima a partir do cotovelo, com a mão livre. Depois o manequim começava a balançar para a frente e para trás. A sra. Copperfield agarrava-se mais fortemente ao manequim e juntas caíam do topo da colina, e continuavam rolando até uma distância razoável, iam parar numa pequena trilha, onde permaneciam trancadas uma nos braços da outra. A sra. Copperfield preferia essa parte do sonho; na verdade, todo o caminho da colina abaixo, o manequim agia como proteção entre ela e as garrafas quebradas e pedras sobre as quais caíam, dando-lhe uma satisfação singular.

Pacífica fizera renascer o conteúdo emocional de seu sonho por um momento, e a sra. Copperfield achou que aquele era certamente o motivo de sua estranha exaltação.

– Agora – disse Pacífica –, se não se importa, vou nadar mais um pouco, sozinha. – Mas primeiro ajudou a sra. Copperfield a tomar pé, e levou-a de volta à praia, onde ela caiu na areia e deixou pender a cabeça como uma flor murcha. Estava tremendo, exausta como depois de uma experiência amorosa. Ergueu os olhos para Pacífica, que notou que seus olhos estavam mais doces e luminosos do que jamais os vira antes.

– Você devia entrar mais na água – disse. – Fica demais dentro de casa.

Correu de volta para a água, e nadou várias vezes de um lado para outro. O mar agora estava azul, e muito mais revolto do que antes. Uma vez, enquanto nadava, Pacífica descansou numa grande rocha achatada que a maré vazante deixara descoberta. Ficava diretamente na linha dos pálidos raios do sol nevoento. A sra. Copperfield não a conseguia divisar direito, e logo adormeceu.

★

Quando chegaram ao hotel, Pacífica avisou a sra. Copperfield de que ia dormir como um morto.

– Espero não acordar antes de dez dias – disse.

A sra. Copperfield viu-a cambalear pelo corredor verde-forte, bocejando e balançando a cabeça.

– Vou dormir duas semanas – disse outra vez, e entrou no quarto, fechando a porta. A sra. Copperfield, em seu próprio quarto, achou melhor telefonar ao sr. Copperfield. Desceu as escadas e saiu para a rua, que parecia tão movimentada quanto no primeiro dia. Havia algumas pessoas já sentadas em suas sacadas, olhando para ela. Uma mocinha muito magra, de vestido de seda vermelho caindo até os tornozelos, atravessava a rua em direção dela. Parecia surpreendentemente jovem e repousada. Quando a sra. Copperfield estava mais perto, viu que era malaia. Ficou bastante espantada quando a moça parou diretamente na sua frente e se dirigiu a ela num inglês perfeito:

– Onde esteve que seu cabelo ficou tão molhado? – disse.

– Fui nadar com uma amiga. Nós... fomos para a praia bem cedo. – A sra. Copperfield não estava com muita vontade de falar.

– Que praia? – perguntou a moça.

– Não sei – disse a sra. Copperfield.

– Bom, vocês foram a pé ou de condução?

– Condução.

– Aqui não há nenhuma praia tão perto que a gente possa ir a pé – disse a moça.

– Não, acho que não há – disse a sra. Copperfield, suspirando e olhando em torno. A moça agora caminhava ao lado dela.

– A água estava fria? – perguntou.

– Sim e não – disse a sra. Copperfield.

– Você nadou nua com sua amiga?

– Sim.

– Imagino que não havia gente por perto.

– Não, não tinha ninguém. Você sabe nadar? – perguntou a sra. Copperfield.

– Não – disse a moça. – Nunca chego perto da água. – A moça tinha uma voz aguda. Seu cabelo e sobrancelhas eram claros. Podia bem ter algum sangue inglês. A sra. Copperfield, resolveu não perguntar, mas virou-se para a moça.

– Vou dar um telefonema. Onde fica o telefone mais próximo?

– Venha ao restaurante de Bill Grey. Lá é bem fresquinho. Geralmente passo minhas manhãs lá, bebendo feito um peixe. Pelo meio-dia estou bêbada de cair. Os turistas ficam chocados comigo. Sou meio irlandesa, meio javanesa. Eles fazem apostas

sobre a minha origem. Quem ganha tem de comprar-me uma bebida. Adivinhe a minha idade.
— Deus é que sabe — disse a sra. Copperfield.
— Tenho dezesseis.
— É possível — disse a sra. Copperfield. A moça pareceu irritada. Andaram caladas até o restaurante de Bill Grey, onde a moça empurrou a sra. Copperfield pela porta e ao longo da sala até uma mesa no centro do restaurante.

Por cima de suas cabeças girava um ventilador elétrico.
— Não é delicioso aqui dentro? — disse ela à sra. Copperfield.
— Quero dar meu telefonema — disse a sra. Copperfield, horrorizada por pensar que o sr. Copperfield podia ter voltado algumas horas atrás, e devia estar esperando impaciente pelo seu telefonema.
— Telefone o quanto quiser — disse a moça.

A sra. Copperfield entrou na cabine e telefonou ao marido. Ele disse que tinha chegado há pouco, e que ia tomar café e depois encontrar-se com ela no restaurante de Bill Grey. Parecia reservado, e cansado.

Enquanto esperava ansiosamente que ela voltasse, a moça encomendara dois *old fashioneds*. A sra. Copperfield voltou à mesa e deixou-se cair na cadeira.

— Nunca consigo dormir muito de manhã — disse a moça. — Nem gosto de dormir de noite, se tenho qualquer coisa melhor para fazer. Minha mãe me disse que eu era nervosa como um gato, mas muito saudável. Frequentei a escola de dança mas era preguiçosa demais para aprender os passos.

— Onde é que você mora? — perguntou a sra. Copperfield.
— Vivo sozinha num hotel. Tenho muito dinheiro. Um homem do exército está apaixonado por mim. É casado, mas só anda comigo. Ele me dá muito dinheiro. Tem até mais dinheiro ainda em casa. Posso comprar tudo o que você quiser. Não conte para ninguém por aqui que tenho dinheiro para gastar com outras pessoas. Eu nunca compro nada para elas. Elas me chateiam. Têm umas vidas horrorosas. Tão vulgares; burras; são gente muito burra! Não têm nenhuma privacidade. Eu tenho dois quartos. Se quiser pode ficar num deles.

A sra. Copperfield disse que não precisava disso, e falou com muita firmeza. Não gostava nada da moça.
– Qual é o seu nome? – perguntou a moça.
– Frieda Copperfield.
– Meu nome é Peggy... Peggy Gladys. Achei você encantadora com esse cabelo todo molhado e seu narizinho lustroso. Por isso convidei você para vir beber comigo.
A sra. Copperfield saltou:
– Por favor, não me deixe constrangida – disse.
– Ah, minha linda, deixe-me constrangê-la. Agora termine sua bebida e vamos pedir mais. Quem sabe você está com fome e gostaria de um bife?
A moça tinha os olhos brilhantes de uma ninfomaníaca insaciável. Usava um reloginho ridículo, numa fita preta no pulso.
– Eu moro no Hotel Las Palmas – disse a sra. Copperfield. – Sou amiga da dona, a sra. Quill, e de uma das suas hóspedes, Pacífica.
– Aquele hotel não presta – disse Peggy. – Estive lá uma noite com uns amigos para beber, e disse: "Se vocês não se virarem agora mesmo e saírem deste hotel, nunca mais saio com vocês". Um lugar barato; um lugar horrível; além disso, todo sujo. Fico espantada de você morar lá. Meu hotel é muito mais bonito. Tem uns americanos que sempre moram lá quando saem do navio, se não vão ao Hotel Washington. É o Hotel Granada.
– Sim, é lá que íamos ficar – disse a sra. Copperfield. – Meu marido está lá agora. Acho o lugar mais deprimente que já vi. Acho o Hotel Las Palmas cem mil vezes melhor.
– Mas acho que você não olhou direito – disse a moça, abrindo bem a boca de espanto. – Naturalmente eu pus as minhas próprias coisas no quarto, e isso faz uma grande diferença.
– Há quanto tempo mora lá? – perguntou a sra. Copperfield. Estava admiradíssima com aquela moça, e tinha um pouco de pena dela.
– Faz um ano e meio que eu moro lá. Parece uma vida inteira. Eu me mudei pouco depois de conhecer aquele cara do exército. Ele é muito bom comigo. Acho que sou mais esperta do que

ele. É porque sou uma moça. Minha mãe me disse que as moças nunca são tão bobas quanto os homens, por isso eu simplesmente vou em frente e faço o que acho certo.

O rosto da mocinha era etéreo e doce. Tinha covinha no queixo e narizinho arrebitado.

– De verdade – disse ela –, tenho montes de dinheiro. Sempre posso conseguir mais. Eu adoraria comprar qualquer coisa que você quisesse, porque adoro o seu jeito de andar e de olhar e de falar; você é elegante. – Ela deu uma risadinha e colocou sua mão seca e áspera na da sra. Copperfield.

– Por favor – disse –, seja boazinha comigo. Raramente vejo pessoas de quem gosto. Nunca faço a mesma coisa duas vezes, verdade. Há muito tempo não convido ninguém para ir ao meu quarto, porque não estou interessada e porque sujam tudo. Sei que você não ia sujar nada, porque logo se vê que vem de uma classe boa. Adoro gente bem-educada. Acho lindo.

– Tenho tanta coisa aqui na minha cabeça – disse a sra. Copperfield. – Em geral, não tenho.

– Bom, esqueça – disse a moça imperiosamente. – Você está com Peggy Gladys, que está pagando suas bebidas. Porque quer de coração pagar bebidas para você. Uma manhã tão linda. Anime-se! – Ela pegou a sra. Copperfield pela manga e sacudiu-a.

Esta ainda estava mergulhada na magia do seu sonho, e pensando em Pacífica. Sentia-se insegura. O ventilador parecia soprar direto em seu coração. Sentada, olhava em frente sem escutar uma palavra do que a moça dizia. Não soube quanto tempo estivera devaneando quando baixou os olhos e viu uma lagosta no prato à sua frente.

– Ah, eu não posso comer isso – disse. – Não posso comer isso de jeito nenhum.

– Mas eu mandei vir para você – disse Peggy. Pedi cerveja também. Mandei levar seu *old fashioned*, porque você nem tocou nele. – Ela debruçou-se sobre a mesa, e enfiou o guardanapo debaixo do queixo da sra. Copperfield.

– Coma, por favor, querida – disse. – Vai me dar tanto prazer se comer.

– O que é que você pensa que está fazendo? – disse a sra. Copperfield, mal-humorada. – Brincando de comidinha?

Peggy deu uma risada.

– Sabe – disse a sra. Copperfield –, meu marido está vindo para se encontrar conosco. Vai pensar que nós duas estamos totalmente malucas comendo lagosta de manhã. Ele não entende esse tipo de coisa.

– Bom, então vamos comer tudo depressa – disse Peggy. Olhou para a sra. Copperfield, com certa tristeza. – Eu queria que ele não viesse – disse. – Você não podia telefonar e dizer que ele não viesse?

– Não, minha cara, seria totalmente impossível. Além disso não tenho nenhum motivo para lhe dizer que não venha. Estou ansiosa por ver meu marido. – A sra. Copperfield não pôde resistir ao impulso de ser um pouco sádica com Peggy Gladys.

– Claro que quer ver seu marido – disse Peggy, parecendo muito tímida e humilde. – Prometo que enquanto ele estiver aqui vou ficar quieta.

– Pois é exatamente o que não quero que faça. Por favor, continue falando enquanto ele estiver aqui.

– Claro, querida. Não fique tão nervosa.

O sr. Copperfield chegou quando estavam comendo a lagosta. Usava um terno verde-escuro e parecia muito bem. Veio até elas sorrindo amavelmente.

– Olá – disse a sra. Copperfield. – Que bom ver você. Está com aspecto ótimo. Esta é Peggy Gladys; acabamos de nos conhecer.

Ele apertou a mão da moça e pareceu muito contente.

– Mas que diabo vocês estão comendo? – indagou.

– Lagosta – responderam. Ele franziu as sobrancelhas.

– Mas vão ter indigestão, e ainda por cima bebendo cerveja! Santo Deus! – ele sentou-se.

– Não pretendo interferir, claro – disse o sr. Copperfield – mas isso aí é péssimo. Vocês tomaram o café da manhã?

– Não sei – disse a sra. Copperfield deliberadamente. Peggy Gladys riu. O sr. Copperfield ergueu as sobrancelhas.

— Mas você tem de saber — murmurou. — Não seja ridícula.
Então perguntou a Peggy Gladys de onde ela vinha.
— Eu sou do Panamá — respondeu ela. — Mas sou meio irlandesa, meio javanesa.
— Ah, sim — disse, sorrindo para ela.
— Pacífica está dormindo — disse a sra. Copperfield subitamente.
O sr. Copperfield enrugou a testa:
— É mesmo? — disse. — Você vai voltar para lá?
— O que é que acha que eu vou fazer?
— Não faz nenhum sentido ficar aqui mais tempo. Achei que seria bom arrumar as malas. Já preparei tudo no Panamá, podemos pegar o navio amanhã. Preciso telefonar a eles esta noite. Descobri muita coisa sobre os vários países na América Central. Podíamos ficar numa espécie de fazenda de gado na Costa Rica. Um homem me falou nisso. Completamente isolada. A gente chega de barco, num rio.
Peggy Gladys parecia entediada.
A sra. Copperfield pôs a cabeça nas mãos.
— Imagine *guacamayos* vermelhos e azuis voando por cima do gado. — O sr. Copperfield deu uma risada. — Texas latina. Deve ser uma loucura total.
— *Guacamayos* vermelhos e azuis voando por cima do gado — repetiu Peggy Gladys. — O que são *guacamayos*?
— São uns pássaros vermelhos e azuis incríveis, mais ou menos como papagaios — disse o sr. Copperfield. — Enquanto vocês comem lagosta, acho que vou pedir sorvete com nata batida.
— Ele é simpático — disse Peggy Gladys.
— Olhe — disse a sra. Copperfield —, estou me sentindo enjoada. Acho que não posso esperar esse sorvete.
— Não vai demorar muito — disse o sr. Copperfield. Olhou para ela. — Deve ser da lagosta.
— Talvez seja melhor eu levar sua mulher para o Hotel Granada — disse Peggy Gladys, saltando em pé alegremente. — Ela vai ficar bem confortável lá. E você pode ir depois de comer seu sorvete.
— Parece boa ideia, você não acha, Frieda?

— Não — disse a sra. Copperfield, veemente, agarrando a corrente que trazia no pescoço. — Acho melhor eu voltar direto para o Hotel Las Palmas. Tenho de ir. Preciso ir, imediatamente...
Estava tão perturbada que esqueceu completamente a carteira e o lenço, e foi saindo do restaurante.

— Mas você deixou tudo aqui — disse o sr. Copperfield em voz alta atrás dela.

— Eu levo — exclamou Peggy Gladys. — Tome seu sorvete e venha depois. — Ela correu atrás da sra. Copperfield, e juntas correram pela rua quente e abafada em direção ao Hotel Las Palmas.

A sra. Quill estava parada na soleira, bebendo qualquer coisa direto da garrafa.

— Até o jantar estou na abstinência — disse.

— Ah, sra. Quill, venha até o meu quarto comigo! — disse a sra. Copperfield passando os braços ao redor da sra. Quill e dando um fundo suspiro. — O sr. Copperfield voltou.

— Por que não sobe as escadas até o andar de cima comigo? — disse Peggy Gladys. — Eu prometi ao seu marido que ia cuidar de você.

A sra. Copperfield girou nos calcanhares.

— Cale a boca, por favor — gritou, olhando fixamente para Peggy Gladys.

— Ora, ora — disse a sra. Quill —, não perturbe a menininha. Vamos ter de lhe dar uma bala de mel para que fique quieta. Claro que na idade dela era preciso mais do que uma balinha de mel para eu ficar quieta.

— Eu estou bem — disse Peggy Gladys. — Quer ter a bondade de nos levar ao quarto dela? Ela precisa se deitar.

A mocinha sentou-se na beira da cama da sra. Copperfield com a mão na testa dela.

— Sinto muito — disse. — Você parece péssima. — Queria que não fosse tão infeliz. Você não pode mesmo parar de pensar nisso agora, e pensar outro dia? Às vezes, quando a gente deixa as coisas de lado um pouco... Eu não tenho dezesseis anos, tenho dezessete. E me sinto uma criança. Parece que não consigo dizer nada, se as pessoas não me julgam muito jovem. Talvez você não goste quando sou assim atrevida. Você está branca e verde. Não parece bonita. Parecia muito mais bonita antes. Depois que seu marido aparecer, se você quiser, eu a levo para passear de carro. Minha mãe morreu – disse brandamente.

– Olhe – disse a sra. Copperfield –, se você não se importa de ir embora agora... eu queria ficar sozinha. Pode voltar mais tarde.

– A que horas posso voltar?

– Não sei; volte mais tarde; não entende? Não sei.

– Tudo bem – disse Peggy Gladys. – Talvez eu deva só descer e falar com a gorducha, ou beber. Depois, quando você estiver pronta, pode descer. Não tenho nada para fazer nesses três dias. Quer mesmo que eu saia?

A sra. Copperfield fez que sim.

A mocinha saiu do quarto, relutante.

A sra. Copperfield começou a tremer depois que a moça fechara a porta. Tremia tão violentamente que a cama balançava. Sofria como nunca sofrera antes, porque ia fazer o que queria fazer. Mas não a deixaria feliz. Não tinha coragem de deixar de fazer o que queria fazer. Sabia que não a deixaria feliz, porque só os sonhos das pessoas loucas se tornam realidade. Achou que só estava interessada em duplicar um sonho, mas fazendo isso necessariamente se tornava vítima total de um pesadelo.

O sr. Copperfield entrou no quarto, muito quieto.

– Como se sente agora? – perguntou.

– Estou bem – disse ela.

– Quem era aquela mocinha? Era muito bonita... de um ponto de vista escultural.

– O nome dela é Peggy Gladys.

– E falava muito bem, não falava? Ou estou enganado?

– Ela falava lindamente.

– Você tem se divertido?

– Como nunca na minha vida – disse a sra. Copperfield, quase soluçando.

– Também me diverti muito explorando a cidade do Panamá. Mas meu quarto é tão desconfortável. Barulho demais. Não consegui dormir.

— Por que não pegou um quarto mais agradável, num hotel melhor?

— Você me conhece. Detesto gastar dinheiro. Sempre acho que não vale a pena. Acho que devia ter feito isso. Também devia ter bebido, e teria me divertido mais. Mas não bebi.

Ficaram calados. O sr. Copperfield tamborilava sobre a cômoda.

— Acho que devíamos ir embora esta noite em vez de continuar aqui — disse ele. — Aqui é caríssimo. Não haverá outro navio por alguns dias.

A sra. Copperfield não respondeu.

— Você acha que estou errado?

— Eu não quero ir — disse ela, retorcendo-se na cama.

— Não entendo — disse o sr. Copperfield.

— Não posso ir. Quero ficar aqui.

— Quanto tempo?

— Não sei.

— Mas você não pode planejar uma viagem deste jeito. Talvez não pretenda planejar uma viagem.

— Ah, sim, eu vou planejar — disse a sra. Copperfield, vagamente.

— Vai?

— Não, não vou.

— Você é quem sabe — disse o sr. Copperfield. — Só acho que vai perder muita coisa se não visitar a América Central. Certamente vai se aborrecer aqui, a não ser que comece a beber. Provavelmente vai começar a beber.

— Por que você não vai, depois volta quando tiver visto tudo? — sugeriu ela.

— Não volto porque não posso ver sua cara — disse o sr. Copperfield. — Você está um horror. — Dizendo isso, tirou da escrivaninha um jarro vazio e jogou-o pela janela para a vereda lá embaixo, e saiu do quarto.

Uma hora depois a sra. Copperfield desceu para o bar. Ficou contente e surpreendida vendo Pacífica. Embora esta tivesse o rosto muito empoado, parecia cansada. Estava sentada numa mesinha, segurando a carteira nas mãos.

— Pacífica – disse a sra. Copperfield –, eu não sabia que estava acordada. Estava certa de que ainda dormia no seu quarto. Estou tão contente de ver você.

— Não consegui fechar os olhos. Dormi uns quinze minutos, depois não pude mais pregar o olho. Recebi uma visita.

Peggy Gladys foi até a sra. Copperfield.

— Olá – disse – passando os dedos pelos cabelos da sra. Copperfield. – Está pronta para dar aquele passeio?

— Que passeio? – perguntou a sra. Copperfield.

— Aquele passeio de carro comigo.

— Não, não estou – disse a sra. Copperfield.

— Quando vai estar? – perguntou Peggy Gladys.

— Vou comprar meias – disse Pacífica. – Copperfield, quer vir comigo?

— Sim, vamos.

— Seu marido parecia zangado quando saiu do hotel – disse Peggy Gladys. – Espero que não tenham brigado.

A sra. Copperfield saía da porta com Pacífica.

— Desculpe – chamou sobre o ombro para Peggy Gladys, que ainda estava parada, seguindo-as com os olhos, como um animal ferido.

Estava tão quente que mesmo as turistas mais conservadoras, rostos e peitos vermelhos, tiravam os chapéus e secavam as testas com os lenços. A maior parte delas, para escapar ao calor, entrava nas lojinhas indianas onde, quando não estava apinhado demais, o vendedor lhes oferecia uma cadeirinha de modo que pudessem olhar vinte ou trinta quimonos sem se cansarem.

— *Qué calor!* – disse Pacífica.

— As meias que vão para o diabo – disse a sra. Copperfield, com medo de desmaiar. – Vamos beber cerveja.

— Se você quiser, tome cerveja sozinha. Preciso de meias. Acho horrível mulheres de pernas de fora.

— Não, eu vou com você. – A sra. Copperfield colocou a mão na de Pacífica.

— Ai! – gritou Pacífica, libertando sua mão. – Nós duas estamos molhadas demais, querida. *Qué barbaridad!*

A loja à qual Pacífica levou a sra. Copperfield era minúscula. Estava ainda mais quente lá dentro do que na rua.

– Está vendo, pode comprar muitas coisas aqui – disse Pacífica. – Eu venho porque ele me conhece e posso conseguir meias bem baratinhas.

Enquanto Pacífica comprava suas meias, a sra. Copperfield olhava todos os outros artigos na lojinha. Pacífica levou muito tempo, e a sra. Copperfield ficou cada vez mais entediada. Parou-se num pé, depois no outro. Pacífica discutia e discutia. Havia manchas escuras de suor debaixo de seus braços, e suor escorria dos lados de seu nariz.

Quando tudo terminara e a sra. Copperfield viu que o vendedor estava fazendo o pacote, foi até lá e pagou a conta. O vendedor desejou boa sorte e saíram da loja.

Havia uma carta para ela, em casa. A sra. Quill a entregou.

– O sr. Copperfield deixou isso para você – disse ela. – Tentei convencê-lo a ficar e tomar uma xícara de chá, uma cerveja, mas ele estava com pressa. É um sujeito bem bonito.

A sra. Copperfield pegou a carta e foi até o bar.

– Alô, doçura – disse Peggy Gladys brandamente.

A sra. Copperfield percebeu que a moça estava muito embriagada. Seu cabelo caía sobre o rosto, e os olhos estavam mortiços.

– Talvez você ainda não esteja pronta... mas posso esperar bastante. Eu adoro esperar. Não me importo de ficar sozinha.

– Desculpe-me um minuto enquanto leio uma carta de meu marido – disse a sra. Copperfield.

Ela sentou-se e abriu o envelope.

"Querida Frieda (leu ela),
não quero ser cruel, mas vou escrever com franqueza quais penso que sejam os seus erros, e espero, sinceramente, que isso que escrevo a influencie de certa maneira. Como a maior parte das pessoas, também você não consegue lidar com mais de um medo a vida toda. E também passa a vida fugindo desse primeiro medo para a primeira

esperança. Tenha cuidado para que suas artimanhas não a levem sempre ao ponto de partida. Não a aconselharia a passar a existência inteira rodeando-se de coisas que julga necessárias para sobreviver, sem saber se são interessantes em si mesmas ou na sua própria mente. Acredito, de verdade, que só as pessoas que chegam à fase de combaterem, em seu interior, uma segunda tragédia, em vez de combaterem novamente a primeira, mereçam ser chamadas de maduras. Quando pensa que alguém está progredindo, procure verificar se não está parado. Para progredir, é preciso abandonar coisas que a maioria das pessoas não quer deixar. Você leva a sua primeira dor no peito, como um ímã, porque dela virá toda a ternura. Deve levá-la a vida inteira, mas não fique apenas girando em torno dela. Desista de buscar símbolos que só servem para esconder o rosto dessa coisa. Vai parecer que são múltiplos, e disparatados, mas são sempre os mesmos. Se você apenas se interessa em levar uma vida tolerável, provavelmente esta carta nem lhe dirá respeito. Pelo amor de Deus: um navio saindo do porto ainda é uma coisa linda de se ver.

J.C."

O coração da sra. Copperfield pulsava depressa. Ela amassou a carta, e sacudiu a cabeça, duas, três vezes.

– Não vou incomodar você nunca, a não ser que você mesma me peça para ser incomodada – dizia Peggy Gladys. Parecia não se dirigir a ninguém em particular. Seus olhos passavam do teto para as paredes. Ela sorria para si mesma.

– Ela está lendo uma carta do marido – disse, deixando seu braço cair pesadamente sobre o bar. – Eu não quero marido... nunca... nunca... nunca...

A sra. Copperfield – pôs-se de pé.

– *Pacífica!* – gritou. – *Pacífica!*

– Quem é Pacífica? – perguntou Peggy Gladys. – Quero conhecê-la. É tão linda quanto você? Diga-lhe que venha...

— Linda? — o homem do bar deu uma risada. — Linda? Nenhuma delas é linda. As duas são umas galinhas velhas. Você é linda, mesmo bêbada desse jeito.

— Traga-a aqui, querida — disse Peggy Gladys, deixando a cabeça cair sobre o bar.

— Olhe, sua amiga saiu da sala há dois minutos. Foi procurar Pacífica.

3

Vários meses haviam passado, e a srta. Goering, a srta. Gamelon e Arnold viviam há quase quatro semanas na casa escolhida pela srta. Goering.

Era ainda mais triste do que a srta. Gamelon imaginara, pois ela não tinha muita fantasia, e a realidade muitas vezes a assustava mais do que seus mais loucos sonhos. Estava ainda mais irritada com a srta. Goering do que antes de se mudarem. Seu estado de ânimo era tão ruim que praticamente não se passava hora sem que se queixasse amargamente da sorte, ou ameaçasse ir embora. Atrás da casa havia um declive barrento, e uns arbustos, e depois deles, seguindo uma trilha estreita no meio de mais arbustos, logo se chegava à floresta. À direita da casa havia um gramado cheio de margaridas no verão. Podia ser uma paisagem bem agradável, se no meio não houvesse o motor enferrujado de um velho carro. Havia pouco lugar para sentar fora de casa, pois o alpendre da frente apodrecera por completo, e os três tinham pegado o costume de sentar-se perto da porta da cozinha, onde a casa os protegia do vento. A srta. Gamelon sofria com o frio desde que chegara. Não havia aquecimento central na casa: apenas alguns poucos fogõezinhos a óleo, e, embora fosse começo do outono, em certos dias já ficava bem frio.

Arnold voltava cada vez menos frequentemente à sua própria moradia, e cada vez mais apanhava o pequeno trem, e a balsa entre a casa da srta. Goering e a cidade, voltando após o trabalho, para jantar e dormir na ilha.

A srta. Goering jamais discutia a presença dele. Arnold andava mais relaxado com a roupa, e na última semana faltara ao escritório três vezes. A srta. Gamelon armara um enorme rebuliço por causa disso.

Um dia, Arnold estava descansando num dos quartinhos do andar de cima, diretamente debaixo do telhado, e ela e a srta. Goering estavam sentadas na frente da porta da cozinha aquecendo-se ao sol da tarde.

– Aquele imbecil lá em cima – disse a srta. Gamelon – um dia ainda larga completamente seu escritório. Vai se mudar inteiramente para cá, e só comer e dormir. Dentro de um ano estará do tamanho de um elefante, e você não vai mais conseguir se livrar dele. Graças a Deus, espero não estar mais aqui nessa época.

– Você realmente acha que ele vai ficar tão gordo assim em um ano? – disse a srta. Goering.

– Tenho certeza! – disse a srta. Gamelon. Nisso, um súbito pé de vento abriu a porta da cozinha. – Ah, eu odeio isso! – disse a srta. Gamelon, veemente, levantando-se para prender a porta.

– Além disso – prosseguiu –, onde se ouviu falar num homem morando numa casa com duas senhoras, uma casa que não tem nem um quarto extra, de modo que ele tem de dormir no sofá, vestido? Eu perco até o apetite passando pela sala todo dia e vendo-o ali, o tempo todo, olhos abertos ou fechados, sem nenhuma preocupação neste mundo. Só um imbecil se prontificaria a viver desse modo. Ele é preguiçoso demais até para cortejar uma de nós duas, o que, admita, é a coisa mais antinatural que eu já vi... se é que você tem alguma ideia da atitude física de um homem. Naturalmente ele não é um homem. É um elefante.

– Eu não acho que ele seja tão grande assim – disse a srta. Goering.

– Bom, eu lhe disse que fosse descansar no meu quarto porque não aguentava mais vê-lo naquele sofá. – Quanto a você – disse ela à srta. Goering –, acho que é a pessoa mais insensível que já vi.

Ao mesmo tempo, a srta. Gamelon se preocupava realmente – embora quase nem admitisse isso a si mesma – com a possibilidade de a srta. Goering estar ficando louca. A srta. Goering parecia cada vez mais magra e nervosa, e insistia em fazer a maior parte da lida da casa sozinha. Estava sempre limpando a casa, e polindo as maçanetas das portas, e a prata; tentava de muitas pequenas maneiras tornar a casa habitável, sem comprar nada do que se precisaria para conseguir isso; e, naquelas últimas poucas semanas, de repente ficara muito avarenta, só tirava do banco dinheiro suficiente para poderem viver da maneira mais modesta possível. Ao mesmo tempo, parecia achar natural pagar a comida de Arnold, pois ele raramente contribuía para manter a casa. Era verdade que continuava pagando sua própria parte no apartamento da família, o que talvez lhe deixasse muito pouco para pagar qualquer outra coisa. Isso deixava a srta. Gamelon furiosa, porque, embora não entendesse por que a srta. Goering tinha de viver com menos de um décimo de sua renda, mesmo assim se adaptara àquele diminuto padrão de vida, e tentava desesperadamente fazer o dinheiro render o máximo.

Sentaram-se em silêncio por alguns minutos. A srta. Gamelon pensava seriamente em todas essas coisas, quando subitamente um frasco quebrou na sua cabeça, inundando-a de perfume e abrindo um corte bem profundo logo acima de sua testa. Ela começou a sangrar profusamente, e por um momento ficou sentada com as mãos sobre os olhos.

– Eu não tive intenção de fazer sangrar – disse Arnold, debruçado na janela. – Só queria lhe pregar um susto.

Embora encarasse cada vez mais a srta. Gamelon como encarnação do mal, a srta. Goering fez um rápido gesto compadecido em direção da amiga.

– Ah, meu bem, deixe-me pegar alguma coisa para desinfetar esse corte. – E entrou na casa, e passou por Arnold no vestíbulo. Ele estava parado com a mão na porta da frente, sem poder decidir se ia ficar lá dentro ou sair. Quando a srta. Goering desceu de novo com o remédio, Arnold desaparecera.

✶

Era quase noite, e a srta. Gamelon, com curativo na cabeça, estava parada na frente da casa. Podia ver a estrada entre as árvores, de onde estava parada. Seu rosto estava muito branco, os olhos inchados porque chorara amargamente. Chorava porque pela primeira vez alguém a ferira fisicamente. Quanto mais pensava nisso, mais grave o caso se tornava em sua mente, e, parada na frente da casa, de repente, pela primeira vez na vida, teve medo. Como estava longe de casa! Começara a fazer as malas por duas vezes, e duas vezes decidira não fazer isso, apenas porque não conseguia deixar a srta. Goering. Pois, à sua maneira, embora praticamente não o soubesse, era profundamente ligada a ela.

Quando a srta. Gamelon entrou em casa, escurecera.

A srta. Goering estava terrivelmente nervosa porque Arnold ainda não voltara, embora não ligasse muito mais para ele do que ligara no começo. Também ela ficou parada no escuro lá fora, quase uma hora, porque sua ansiedade era tão grande que não conseguia ficar em casa.

Enquanto ela ainda estava lá fora, a srta. Gamelon, sentada na saleta diante de uma lareira vazia, sentiu que toda a ira de Deus caíra sobre sua cabeça. O mundo e as pessoas nele de repente fugiam à sua compreensão, e ela se sentia em grande perigo de perder o mundo todo, definitivamente... sensação difícil de explicar.

Cada vez que olhava a cozinha, sobre o ombro, e via o vulto escuro da srta. Goering ainda parado diante da porta, seu coração fraquejava um pouco mais. Por fim a srta. Goering entrou.

– Lucy! – chamou. Sua voz era muito clara, e um pouco mais aguda do que habitualmente. – Lucy, vamos procurar Arnold. – Ela sentou-se diante da srta. Gamelon, e seu rosto estava extraordinariamente luminoso.

A srta. Gamelon disse.

– Eu? De jeito nenhum.

– Afinal – disse a srta. Goering –, ele mora na minha casa.

– Sim, é verdade – disse a srta. Gamelon.

– E é justo que pessoas que moram na mesma casa cuidem umas das outras. Acho que sempre cuidam, não é mesmo?

– Elas são mais cuidadosas com quem deixam viver debaixo do seu teto – disse a srta. Gamelon, animando-se outra vez.

– Acho que não, realmente – disse a srta. Goering. A srta. Gamelon deu um suspiro fundo e levantou-se.

– Não importa – disse –, logo estarei de novo entre verdadeiros seres humanos.

Saíram pela floresta ao longo de uma trilha que era o atalho mais curto para a cidade mais próxima, a cerca de vinte minutos da sua casa, a pé. A srta. Goering guinchava de medo a qualquer rumor estranho e agarrava-se no suéter da srta. Gamelon o tempo todo. A srta. Gamelon estava aborrecida e sugeriu que na volta pegassem o caminho mais longo.

Por fim saíram da floresta e andaram um breve trecho ao longo da rodovia. De cada lado da estrada havia restaurantes que atendiam principalmente motoristas. Num deles a srta. Goering viu Arnold sentado numa mesa perto da janela, comendo um sanduíche.

– Lá está Arnold – disse a srta. Goering. – Vamos! – Ela pegou a mão da srta. Gamelon, e quase saltou em direção de Arnold no restaurante.

– É quase bom demais para ser verdade – disse a srta. Gamelon. – E ele está comendo de novo.

Dentro estava terrivelmente quente. As duas tiraram os suéteres e foram sentar-se com Arnold na mesa dele.

– Boa noite – disse Arnold. – Não pensei em vê-las aqui. – Disse isso para a srta. Goering, e evitava olhar em direção da srta. Gamelon.

– Bem – disse a srta. Gamelon –, você vai dar uma explicação?

Arnold acabava de morder um pedaço enorme de sanduíche, de modo que não podia responder. Mas revirou os olhos em direção dela. Era impossível dizer, com as bochechas tão cheias, se ele estava zangado ou não. A srta. Gamelon ficou terrivelmente aborrecida, mas a srta. Goering sentava-se sorrindo para eles, porque estava contente em ter os dois a seu lado outra vez.

Por fim Arnold engoliu sua comida.

– Não tenho que dar explicação – disse à srta. Gamelon, parecendo muito mal-humorado agora que engolira a comida. – Você me deve uma profunda explicação e desculpa, porque me odeia e fala disso à srta. Goering.

– Tenho direito de odiar a quem quero – disse a srta. Gamelon. – E, já que vivemos num país livre, posso falar nisso numa esquina, se quiser.

– Você não me conhece o suficiente para me odiar. Você me julgou mal, o que basta para deixar qualquer homem furioso, e eu estou furioso.

– Bem, então saia da casa. De qualquer modo ninguém quer você lá.

– Mentira. Tenho certeza de que a srta. Goering me quer lá, não quer?

– Sim, Arnold, claro – disse a srta. Goering.

– Não há justiça – disse a srta. Gamelon; – vocês dois são horríveis.

– Bem – disse Arnold enxugando a boca e empurrando seu prato –, estou certo de que há algum modo de arranjar as coisas para podermos os dois viver juntos na casa.

– Por que você está tão ligado à casa? – gritou a srta. Gamelon. – Tudo o que faz quando está lá é esticar-se na saleta e dormir.

– A casa me dá certa sensação de liberdade.

A srta. Gamelon olhou para ele.

– Você quer dizer, oportunidade de cultivar sua preguiça?

– Olhe – disse Arnold –, digamos que eu tenha permissão de usar a saleta depois do jantar, e de manhã. Você podia usá-la no resto do tempo.

– Tudo bem – disse a srta. Gamelon –, eu concordo, mas trate de não botar o pé lá durante a tarde toda.

A caminho de casa, a srta. Gamelon e Arnold pareciam bem contentes por terem inventado um plano. Cada um pensava que tinha feito um negócio melhor, e a srta. Gamelon já imaginara várias maneiras agradáveis de passar as tardes na saleta.

Quando chegaram em casa, ela foi para a cama, quase imediatamente. Arnold deitou-se no sofá, inteiramente vestido, puxando sobre o corpo uma colcha de tricô. A srta. Goering estava sentada na cozinha. Algum tempo depois ouviu alguém soluçando na saleta. Entrou e viu Arnold chorando, com a cara escondida na manga.

– O que aconteceu, Arnold?

– Não sei – disse Arnold –, é tão desagradável, alguém odiar a gente. Eu acho que talvez seja mesmo melhor eu sair daqui, voltar para a minha casa. Mas é a coisa no mundo que eu mais detestaria fazer, e odeio o negócio imobiliário, e odeio que ela esteja zangada comigo. Não pode lhe dizer que é só um período da adaptação para mim... que por favor espere mais um pouco?

– Claro, Arnold, vou falar com ela logo de manhã. Talvez se você fosse trabalhar amanhã, ela se sentisse melhor em relação a você à noite.

– Acha? – perguntou Arnold soerguendo-se na cama, no seu afã. – Então eu vou. – Ele levantou-se e parou junto da janela, pés bem separados. – Não suporto que alguém me odeie nesse período de adaptação – disse ele. – Depois, naturalmente, sou devotado a vocês duas.

Na noite seguinte, quando Arnold chegou em casa, com uma caixa de chocolates para a srta. Goering e a srta. Gamelon, ficou surpreendido ao ver o pai lá. Este estava sentado numa cadeira de encosto reto perto da lareira, tomando uma xícara de chá, e usava uma capa de motorista.

– Arnold, eu vim ver se você está cuidando bem dessas jovens damas. Parecem morar num monte de lixo.

– Acho que, como visita, você não tem direito de falar assim, Pai – disse Arnold, dando gravemente uma caixa de chocolates para cada mulher.

– Exatamente, por causa da minha idade, filho, tenho permissão de dizer muitas coisas. Lembre-se de que, para mim, vocês são todos crianças, incluindo a Princesa ali. – Ele enganchou a ponta da bengala na cintura da srta. Goering, e puxou-a para si. Ela nunca imaginara que ele tivesse tanto bom humor. Parecia mais magro e menor do que na noite em que se haviam encontrado.

– Bom, onde é que vocês comem, seus malucos? – perguntou ele.

– Temos uma mesa quadrada na cozinha – disse a srta. Gamelon. – Às vezes a colocamos diante da lareira, mas nunca fica muito bem.

O pai de Arnold pigarreou e não disse nada. Parecia aborrecido por a srta. Gamelon ter falado.

— Bom, vocês são todos doidos — disse olhando seu filho e a srta. Goering, e de propósito excluindo a srta. Gamelon. — Mas eu torço por vocês.

— Onde está sua esposa? — perguntou a srta. Goering.

— Acho que está em casa — disse o pai de Arnold. — Tão azeda quanto picles, igualmente amarga.

A srta. Gamelon deu uma risadinha ao ouvir esse comentário. Era o tipo de coisa que ela achava divertida. Arnold ficou encantado ao vê-la um pouco mais animada.

— Venha comigo para o vento e o sol, meu amor — disse o pai de Arnold à srta. Goering —, ou devo dizer, para o vento e o luar, sem me esquecer de acrescentar "meu amor"?

Saíram juntos da sala, e o pai de Arnold levou a srta. Goering um pouco pelo campo adentro.

— Sabe — disse ele —, decidi voltar a alguns de meus prazeres de menino. Por exemplo, eu adorava a natureza quando jovem. Posso dizer francamente que decidi pôr fora algumas de minhas convenções e ideais, e me divertir outra vez na natureza... quer dizer, claro, se quiser ficar do meu lado. Tudo depende disso.

— Claro — disse a srta. Goering —, mas o que significa isso?

— Significa — disse o pai de Arnold — que você deva ser uma verdadeira mulher. Compreensiva e disposta a defender tudo o que eu digo e faço. Ao mesmo tempo, pronta a ralhar um pouco comigo. — Ele pôs a sua mão gelada na dela.

— Vamos entrar — disse a srta. Goering. — Quero entrar em casa. — Ela começou a puxar o braço dele, mas ele não quis se mover. Ela percebeu que embora parecesse incrivelmente antiquado e um pouco ridículo na sua capa de motorista, ele ainda era muito forte. Ficou imaginando por que ele parecera tão mais distinto na primeira noite.

Puxou o braço dele com mais força, parte brincando, parte a sério, e fazendo assim sem querer, arranhou com a unha o interior do pulso dele. Tirou um pouco de sangue, que pareceu perturbar muito o pai de Arnold, porque ele começou a tropeçar o mais depressa que podia pelo campo em direção da casa.

Mais tarde ele anunciou a todos sua intenção de passar a noite na casa da srta. Goering. Tinham feito um fogo na lareira, e todos estavam sentados juntos a seu redor. Arnold adormecera duas vezes.

– Mamãe ia ficar terrivelmente preocupada – disse Arnold.

– Preocupada? – disse o pai de Arnold. – Provavelmente vai morrer de um ataque de coração antes da manhã, mas afinal, o que é a vida senão uma baforada de fumaça, ou uma folha, ou uma vela que logo se consome?

– Não finja que não leva a vida a sério – disse Arnold. – E não finja, só porque há mulheres aqui, que você é alegre. Você é do tipo amargo e preocupado, e sabe disso.

O pai de Arnold tossiu. Parecia um pouco irritado.

– Não concordo – disse.

A srta. Goering o levou para cima, para seu próprio quarto.

– Espero que durma em paz – disse. – Sabe que estou encantada em tê-lo na minha casa, sempre que quiser.

O pai de Arnold apontou as árvores fora da janela.

– Oh, noite! – disse. – Macia como um rosto de donzela, e misteriosa como uma coruja, o oriente, a cabeça de um sultão com seu turbante. Quanto tempo eu vos ignorei debaixo da luz de meu lampião, entretido com várias ocupações que agora resolvi esquecer em vosso favor. Aceitai minhas desculpas e deixai-me ser nomeado entre vossos filhos e filhas. Está vendo – disse ele para a srta. Goering –, está vendo que realmente virei uma nova página; acho que agora nos entendemos. Nunca pense que as pessoas têm uma só natureza. Tudo o que eu disse na outra noite estava errado.

– Ah – disse a srta. Goering, um pouco espantada.

– Sim, agora me interesso em ser uma personalidade inteiramente nova, tão diferente do meu antigo eu quanto A de Z. E este foi um começo adorável. Como dizem, um bom augúrio.

Ele estendeu-se na cama e, enquanto a srta. Goering o contemplava, adormeceu. Logo começou a roncar. Ela jogou uma colcha por cima dele e saiu do quarto, profundamente perplexa.

No andar de baixo sentou-se com os outros diante do fogo. Estavam bebendo chá quente com um pouco de rum.

A srta. Gamelon estava mais relaxada.

– Esta é a melhor coisa do mundo para seus nervos – disse – e também para abrandar as arestas da vida. Arnold me contou sobre seu progresso no escritório do tio. Como começou, como mensageiro, e agora chegou a ser um dos principais agentes do escritório. Tivemos uns momentos muito agradáveis sentados aqui. Acho que Arnold andou escondendo de nós um excelente senso de negócios.

Arnold pareceu um pouco aborrecido. Ainda tinha medo de desagradar à srta. Goering.

– A srta. Gamelon e eu vamos perguntar amanhã se não há um curso de golfe nesta ilha. Descobrimos o nosso interesse mútuo em golfe – disse ele.

A srta. Goering não podia entender a súbita mudança de Arnold. Era como se ele tivesse acabado de chegar a um hotel de férias de verão, ansioso por planejar umas belas férias. A srta. Gamelon também se surpreendeu um pouco, mas nada disse.

– Golfe seria maravilhoso para você – disse a srta. Gamelon para a srta. Goering –, provavelmente deixaria você em forma numa semana.

– Bem – disse Arnold em tom de desculpas –, talvez ela não goste.

– Não gosto de esportes – disse a srta. Goering –, principalmente, me dão uma terrível sensação de pecado.

– Ao contrário – disse a srta. Gamelon –, é exatamente o que nunca fazem.

– Lucy, querida, não seja grosseira – disse a srta. Goering. – Afinal, eu prestei bastante atenção ao que acontece no meu interior, e conheço meus sentimentos melhor que você.

– Esporte nunca pode dar sensação de pecado – disse a srta. Gamelon –, mas o mais interessante é que você não pode nunca se sentar por mais de cinco minutos sem introduzir na conversa alguma coisa fantástica. Acho que você certamente fez um estudo sobre isso.

★

Na manhã seguinte, o pai de Arnold desceu as escadas com a camisa aberta no colarinho, e sem colete. Amassara um pouco seu chapéu, de modo que agora parecia um velho artista.

– E o que é que Mamãe vai fazer agora? – perguntou-lhe Arnold, durante o café.

– Bobagem! – disse o pai de Arnold. – Você se diz artista e nem sabe ser irresponsável. A beleza do artista está na sua alma infantil. – Ele tocou a mão da srta. Goering com a sua. Ela não pôde evitar de lembrar o que ele dissera na noite em que fora ao quarto dela, e como fora diferente de tudo o que ele dizia agora.

– Se sua mãe tem vontade de viver, viverá, desde que deixe tudo para trás, como eu fiz – acrescentou.

A srta. Gamelon estava um pouco embaraçada com aquele homem idoso que parecia acabar de ter realizado uma grande mudança na vida. Mas no fundo não sentia curiosidade em relação a ele.

– Bem – disse Arnold –, imagino que você ainda esteja lhe dando dinheiro para o aluguel. Eu continuo a contribuir com minha parte.

– Claro – disse o pai dele. – Eu sou um cavalheiro, embora a responsabilidade pese muito, como uma âncora no meu pescoço. – E continuou: – Agora, me deixem sair para as compras do dia. Sinto-me capaz de correr cem metros rasos.

A srta. Gamelon tinha um ar preocupado, imaginando se a srta. Goering ia permitir que aquele velho maluco vivesse naquela casa já apinhada. Ele saiu para a cidade pouco depois. Chamaram-no da janela, pedindo que voltasse e vestisse o casaco, mas ele apontou para o céu e recusou.

De tarde a srta. Goering refletiu seriamente. Andava de um lado para outro diante da porta da cozinha. Para ela, a casa se tornara um lugar agradável e familiar, que já considerava seu lar. Decidiu que agora era preciso fazer pequenas excursões ao extremo da ilha, onde podia embarcar na balsa e voltar ao continente. Odiava fazer isso, pois sabia como a deixaria nervosa, e quanto mais pensava no caso, mais atraente lhe parecia a vida naquela casinhola, por fim pensava nela como um lugar pleno de alegrias.

Para se certificar de que faria seu passeio naquela noite, foi até o quarto de dormir e pôs cinquenta cents sobre a cômoda.

Depois do jantar, quando ela anunciou que ia andar de trem sozinha, a srta. Gamelon quase chorou de indignação. O pai de Arnold disse que achava uma ideia maravilhosa fazer "um passeio de trem para o azul", segundo suas palavras. Ouvindo-o encorajar a srta. Goering, a srta. Gamelon não pôde mais se conter e correu para cima, para seu quarto. Arnold deixou a mesa precipitadamente, e subiu os degraus atrás dela.

O pai de Arnold suplicou que a srta. Goering o deixasse ir com ela.

— Dessa vez não — disse ela. — Preciso ir sozinha — e o pai de Arnold, embora afirmando estar muito desapontado, continuou contente. Parecia não haver fim para o seu bom humor.

— Bem — disse ele —, sair pela noite desse jeito está exatamente dentro do espírito do que eu gostaria de fazer, e acho que você está me frustrando um bocado, não me deixando ir junto.

— Não estou fazendo isso para me divertir — disse a srta. Goering —, mas porque é preciso.

— Mesmo assim, vou lhe suplicar mais uma vez — disse o pai de Arnold, ignorando as implicações desse comentário, e ajoelhando-se com dificuldade —, eu lhe suplico que me leve com você.

— Ora, por favor, meu caro — disse a srta. Goering —, por favor não dificulte as coisas para mim. Tenho uma personalidade fraca.

O pai de Arnold saltou em pé.

— Certamente eu não lhe traria nenhuma dificuldade — disse ele. Beijou o pulso dela e desejou-lhe boa sorte. — Acha que aqueles dois pombinhos vão falar comigo? — perguntou. — Ou acha que vão ficar trancados juntos a noite inteira? Detesto ficar sozinho.

— Eu também — disse a srta. Goering. — Bata na porta deles; vão falar com você. Boa noite...

A srta. Goering resolveu andar ao longo da rodovia, porque estava realmente escuro demais para caminhar na floresta àquela hora. Ela se propusera fazer isso mais cedo naquela tarde, mas depois decidira que seria loucura pensar no caso. Estava ventoso, e frio, e ela enrolou melhor o xale ao redor do corpo. Continuava a usar xales de lã, embora há muitos anos estivessem fora de moda. A srta. Goering ergueu os olhos para o céu; procurava estrelas, e queria muito ver alguma. Parou imóvel por longo tempo, mas não conseguiu ver se havia luz de estrelas ou não, porque, embora fixasse sua atenção no céu, sem baixar os olhos uma só vez, as estrelas pareciam aparecer e sumir tão depressa que eram como visões de estrelas, não estrelas de verdade. Ela achou que era apenas porque as nuvens disparavam no céu tão rapidamente que as estrelas ficavam obliteradas num minuto, e visíveis no outro. Então continuou a caminho da estação.

Ao chegar, ficou surpresa vendo oito ou nove crianças, que tinham chegado antes dela. Cada uma levava uma grande bandeira de escola, dourada e azul. As crianças não falavam muito, entretidas em pisar fortemente primeiro num pé depois no outro. Como fizessem isso todas ao mesmo tempo, a pequena plataforma de madeira balançava terrivelmente, e a srta. Goering ficou pensando se não seria melhor mostrar isso às crianças. Mas logo em seguida o trem entrou na estação, e todos embarcaram juntos. A Srta, Goering sentou-se. Do outro lado do corredor, sentara-se uma mulher robusta, de meia-idade. Ela e a srta. Goering eram as únicas ocupantes do vagão, além das crianças. A srta. Goering fitou-a com interesse.

Ela usava luvas, e um chapéu, e sentava-se muito ereta. Na mão direita, segurava um embrulho comprido e fino, parecendo um mata-moscas. A mulher olhava em frente e nem um músculo se movia em seu rosto. Havia mais alguns embrulhos que empilhara ordenadamente no assento ao seu lado. A srta. Goering olhou para ela e desejou que também fosse para a extremidade da ilha. O trem se pôs em movimento, e a mulher colocou a mão livre sobre os embrulhos a seu lado para que não deslizassem do assento.

A maior parte das crianças se amontoara em dois assentos, e as que tinham de se sentar em outra parte preferiam ficar de pé ao redor dos lugares já ocupados. Logo começaram a cantar canções de louvor à escola de onde vinham. Cantavam tão mal que a srta. Goering quase não conseguia suportar. Saiu de seu assento e estava tão concentrada na ação de se dirigir rapidamente até as crianças, que não deu atenção ao balanço do vagão, e na sua pressa tropeçou e caiu ao comprido no chão, bem junto de onde as crianças estavam cantando.

    Conseguiu pôr-se de pé outra vez embora seu queixo sangrasse. Primeiro pediu às crianças que, por favor, parassem de cantar. Todas a olharam fixamente. Depois ela pegou um lencinho rendado e começou a limpar o sangue do queixo. Logo o trem parou, e as crianças desembarcaram. A srta. Goering foi até a extremidade do vagão e encheu um copo de papel com água. Ficou imaginando, nervosamente, enquanto limpava o queixo no corredor escuro, se a senhora com o mata-moscas ainda estaria no vagão. Quando voltou ao seu lugar, viu com grande alívio que a dama continuava lá. Ainda segurava o mata-moscas, mas virara a cabeça para a esquerda e olhava a pequena plataforma da estação lá fora.

    "Acho que não faria mal se eu trocasse de lugar e me sentasse na frente dela", disse a srta. Goering para si mesma. "Afinal, acho que é bem natural que senhoras se aproximem uma da outra num trem suburbano como este, especialmente numa ilha tão pequena."

    Então deslizou em silêncio para o assento diante da mulher, e continuou cuidando do queixo. O trem partira novamente, e a mulher olhava cada vez mais fixo pela janela a fim de evitar o olhar da srta. Goering, porque a srta. Goering perturbava um pouco certas pessoas. Talvez por causa do rosto vermelho e exaltado, e de suas roupas esquisitas.

– Estou encantada por as crianças terem saído – disse a srta. Goering. – Agora ficou realmente agradável aqui no trem.

    Começou a chover, e a mulher comprimiu a testa na vidraça, a fim de poder ver mais de perto as gotas que batiam na vidraça. Não respondeu à srta. Goering. A srta. Goering recomeçou, porque estava habituada forçar as pessoas a conversarem com ela, seus medos nunca tinham sido de natureza social.

– Para onde está indo? – perguntou primeiro porque estava realmente interessada em saber se a mulher viajava para a extremidade da ilha, e também porque achava que era uma pergunta que desarmava bastante as pessoas.

    A mulher examinou-a cuidadosamente.

— Para casa — disse numa voz monótona.
— E mora nesta ilha? — perguntou a srta. Goering. — Realmente encantadora — acrescentou.

A mulher não respondeu, mas em vez disso começou a reunir nos braços todos os seus embrulhos.

— Onde é exatamente que mora? — perguntou a srta. Goering. A mulher olhava em torno.

— Glensdale — disse, hesitante, e a srta. Goering, embora não fosse sensível a faltas de consideração, percebeu que a mulher estava mentindo. Isso a magoou muito.

— Por que está mentindo para mim? — perguntou. — Asseguro que sou uma dama como a senhora.

A essa altura a mulher avaliara a força da srta. Goering, e parecia mais segura de si. Olhou direto nos olhos dela.

— Moro em Glensdale — disse —, morei lá a vida toda. Estou visitando uma amiga que mora numa cidade um pouco adiante.

— Por que tem tanto medo de mim? — perguntou a srta. Goering. — Eu gostaria de ter conversado com você.

— Não vou tolerar isso mais nem um minuto — disse a mulher, mais para si mesma do que para a srta. Goering. — Tenho bastantes problemas reais na minha vida sem ter de encontrar lunáticos por aí.

De repente pegou sua sombrinha e deu um golpe seco nos tornozelos da srta. Goering. Seu rosto estava vermelho, e a srta. Goering achou que, apesar de sua sólida aparência burguesa, a mulher estava realmente histérica. Mas como tivesse encontrado muitas mulheres assim antes, resolveu não se surpreender com nada que a mulher fizesse. A mulher saiu do seu assento com todos os embrulhos e a sombrinha, e andou com dificuldade pelo corredor do vagão. Logo voltou, seguida do condutor.

Pararam ao lado da srta. Goering. A mulher postou-se atrás do condutor. Este, um homem velho, inclinou-se bem sobre a srta. Goering, de modo que praticamente soprava na cara dela.

— Não se pode falar com ninguém nesses trens aqui — disse — a não ser com gente que já conheça. — A srta. Goering achou sua voz muito grave.

Depois ele olhou sobre o ombro para a mulher, que ainda parecia aborrecida, mas mais calma.

– Da próxima vez – disse o condutor, que estava realmente sem saber o que dizer –, da próxima vez que entrar nesse trem, fique no seu lugar e não aborreça ninguém. Se quiser saber a hora, pode perguntar sem muita complicação, ou simplesmente faça um sinalzinho com a mão e eu responderei com prazer a todas as suas perguntas. – Ele se endireitou, e por um momento ficou parado, pensando no que mais poderia dizer. – Lembre-se também de que não se admitem cachorros neste trem, nem pessoas fantasiadas, a não ser que estejam bem tapadas com um casacão pesado; e nada mais de problemas por aqui – acrescentou, brandindo o dedo em direção dela. Depois cumprimentou a mulher, pondo a mão no quepe, e saiu.

Um minuto depois, o trem parou, e a mulher desembarcou. A srta. Goering olhou ansiosa pela janela à sua procura, mas apenas viu a plataforma vazia e alguns arbustos escuros. Pôs a mão no coração e sorriu.

Quando chegou à extremidade da ilha, o trem parou, e as estrelas brilharam outra vez, intermitentes. Ela teve de descer por uma passagem de tábuas, longa e estreita, que servia de ligação entre o trem e o atracadouro da balsa. Muitas das tábuas estavam soltas, e a srta. Goering teve de tomar muito cuidado para ver onde punha o pé. Suspirou de impaciência porque lhe parecia que, enquanto ainda estava naquela passagem de tábuas, não era certo que realmente embarcaria na balsa. Agora que se aproximava de seu destino, sentia que toda a excursão seria feita muito depressa, e que em breve estaria de volta com Arnold, seu pai, e a srta. Gamelon.

A passagem de tábuas era iluminada só a intervalos, e em longos trechos ela teve de andar no escuro. Mas a srta. Goering, de hábito tão medrosa, não tinha medo algum. Até sentia uma espécie de euforia, comum em certas pessoas desequilibradas mas sanguíneas, quando se aproximam coisas que temem. Tornou-se mais ágil ao desviar-se das tábuas soltas, e até deu uns saltinhos para evitá-las. Agora podia ver o atracadouro ao fim da passagem.

Estava bem iluminado, e a prefeitura erigira no centro um mastro de boas proporções. A bandeira estava enrolada no mastro em grandes pregas, mas a srta. Goering conseguia distinguir facilmente as listras vermelhas e azuis, e as estrelas brancas. Ficou encantada ao ver a bandeira naquele lugar remoto, pois não imaginara que houvesse qualquer tipo de organização naquele extremo da ilha.

"Ora, as pessoas moram aqui há anos", pensou. "Estranho eu nunca ter-me dado conta disso. Naturalmente estão aqui com suas famílias, laços, lojas vizinhas, seu senso de moral e decência, e certamente têm suas organizações para combater os criminosos da comunidade." Sentiu-se quase feliz ao pensar em tudo isso.

Era a única pessoa esperando pela balsa. Uma vez que embarcara, foi direto até a proa do barco e parou-se observando o continente até chegarem à praia oposta. O atracadouro da balsa ficava ao pé de uma estrada que se reunia à estrada principal no topo de uma colina baixa e íngreme. Os caminhões ainda eram obrigados a parar brevemente no topo da colina e a descarregar suas cargas em carrinhos que depois eram cautelosamente rolados até a doca. Olhando dali, era possível ver as paredes laterais dos dois armazéns ao fim da rua principal, mas pouca coisa mais. A estrada estava tão iluminada dos dois lados que a srta. Goering conseguia distinguir a maior parte dos detalhes nas roupas das pessoas que desciam a colina para embarcar na balsa.

Viu descendo em sua direção três mulheres jovens de braços dados, dando risadinhas. Estavam bem-vestidas, e tentavam ao mesmo tempo segurar seus chapéus e continuar de braços dados. Isso as fazia andar muito devagar, mas a meio caminho na descida da colina chamaram para alguém no atracadouro, parado perto do poste a que tinham amarrado a balsa.

– Não vá embora sem nós, George – gritaram para ele, e ele acenou amavelmente em resposta.

Havia uma porção de rapazes descendo a colina e também pareciam vestidos para uma ocasião especial. Seus sapatos estavam bem lustrados, e muitos usavam flores na lapela. Mesmo os que tinham aparecido bem depois das três moças rapidamente passaram por elas. Sempre que um deles passava, as mocinhas tinham acessos de riso, que a srta. Goering conseguia escutar debilmente de onde estava parada. Mais e mais gente aparecia no topo da colina, e pareceu à srta. Goering que a maioria não tinha mais de trinta anos. Ela deu um passo para o lado, e logo estavam todos juntos, falando e rindo no convés dianteiro e na ponte da balsa. Ela tinha muita curiosidade de saber para onde iam, mas sua animação se reduzira testemunhando aquele êxodo, que julgava ser um mau presságio. Por fim decidiu interrogar um rapaz que ainda estava no ancoradouro, parado não longe dela.

– Meu jovem – disse ela –, você se importa de me dizer se estão todos indo juntos em grupo nalguma brincadeira, ou se é só coincidência?

– É, estamos todos indo para o mesmo lugar – disse o rapaz –, ao menos até onde eu sei.

– Bem, pode me dizer onde fica isso? – perguntou a srta. Goering.

– É o *Focinho de Porco* – respondeu ele. Nesse momento a sirene da balsa tocou. Ele se despediu rapidamente da srta. Goering e correu a reunir-se aos seus amigos no convés.

A srta. Goering subiu laboriosamente a colina, sozinha. Estava com os olhos na parede da última loja da rua principal. Um artista de anúncios pintara em tons rosa vivos um rosto de bebê de dimensões gigantescas na metade da parede, e no espaço restante uma imensa chupeta. A srta. Goering ficou imaginando o que seria aquele *Focinho de Porco*. Ficou bem desapontada quando chegou ao cimo da colina e viu que a rua principal estava deserta e mal iluminada. Talvez se tivesse enganado com as cores brilhantes do anúncio da chupeta de bebê, e vagamente esperara que toda a cidade seria igualmente alegre.

Antes de descer a rua principal, ela resolveu examinar melhor o anúncio pintado. Para fazer isso precisava atravessar um terreno baldio. Muito perto do anúncio percebeu um velho debruçado sobre uns engradados, tentando soltar os pregos das tábuas. Decidiu perguntar-lhe se sabia onde ficava o *Focinho de Porco*.

Aproximou-se dele e ficou parada um pouco, observando, antes de fazer a pergunta. Ele usava uma jaqueta verde xadrez, e um bonezinho do mesmo tecido. Estava ocupadíssimo tentando tirar um prego do engradado, com um pauzinho fino como única ferramenta.

Desculpe – disse a srta. Goering por fim –, mas eu gostaria de saber onde fica o *Focinho de Porco*, e também por que todo mundo está indo para lá, se é que o senhor sabe.

O homem continuou entretido com o prego, mas a srta. Goering viu que estava realmente interessado na pergunta dela.

– O *Focinho de Porco*? – disse ele. – É fácil, é um lugar novo, um cabaré.

– E todo mundo vai para lá? – perguntou a srta. Goering.

– Se forem tolos, vão.

– Por que diz isso?

– Por que digo isso? – disse o homem, finalmente erguendo-se e metendo o pauzinho no bolso. – Por que digo isso? Porque vão lá para se divertir e ser enganados, gastando seu último tostão. A carne que servem é só carne de cavalo, sabe. Desse tamanhinho, e não é vermelha. É meio cinza, sem uma batatinha junto, e custa uma nota. Além disso todos eles são pobres como ratos de igreja, sem saber coisa nenhuma da vida, todos daquele grupo. Como uma porção de cachorros puxando a correia.

– E todos vão juntos ao *Focinho de Porco* todas as noites?

– Não sei quando vão até lá – disse o homem –, como não sei aonde vão as baratas todas as noites.

– Mas o que há de tão errado com o *Focinho de Porco*? – perguntou a srta. Goering.

– Uma coisa está errada – disse o homem cada vez mais interessado –, e é que lá eles têm um negro que fica pulando na frente de um espelho no seu quarto o dia todo até suar, e depois faz a mesma coisa na frente desses rapazes e mocinhas, e eles acham que o negro está tocando música. Ele tem um instrumento caro, é verdade, porque eu sei onde o comprou e não digo se ele pagou ou não, mas sei que ele o mete na boca e começa a se mexer com seus braços compridos como braços de aranha, e eles só escutam o que ele toca.

— Bem, disse a srta. Goering — algumas pessoas gostam desse tipo de música.

— Sim — disse o homem —, algumas pessoas gostam desse tipo de música, e há pessoas que vivem juntas e comem na mesma mesa nuas em pelo o ano todo, e há outras que nós dois conhecemos — ele fez um ar muito misterioso. — Mas — continuou — antigamente o dinheiro valia meio quilo de açúcar ou manteiga ou toucinho. Quando a gente saía, pagava para ver os cachorros saltando pelos aros em chamas, e bifes do tamanho de um prato.

— O que quer dizer, um cachorro saltando por aros em chamas? — perguntou a srta. Goering.

— Bom — disse o homem — a gente pode treinar os cachorros para fazerem qualquer coisa, com anos e paciência e perseverança, e muita dor de cabeça também. A gente pega um aro e bota fogo em todo ele, e esses poodles, se forem legítimos, vão saltar através dos aros como passarinhos voando. Naturalmente é coisa rara, ver cachorros fazendo isso, mas estiveram aqui mesmo nesta cidade voando pelo centro de aros em fogo. Naturalmente as pessoas eram mais velhas e cuidavam mais do seu dinheiro e não iam querer ver um preto pulando para cima e para baixo. Preferiam usar o dinheiro para botar um telhado novo na sua casa. — Ele riu.

— Bem — disse a srta. Goering —, isso aconteceu num cabaré que ficava onde agora fica aquele *Focinho de Porco*? Sabe o que quero dizer.

— De jeito nenhum! — disse o homem, veemente. — O lugar ficava bem deste lado do rio, num teatro de verdade, com lugares de três preços diferentes, e um espetáculo toda noite, e ainda três vezes por semana de tarde.

— Bom, então — disse a srta. Goering —, é coisa bem diferente, não é? Porque afinal o *Focinho de Porco* é um cabaré, com o senhor mesmo disse há pouco, e aquele local onde os poodles saltavam pelos aros em fogo era um teatro, de modo que não se pode comparar.

O velho ajoelhou-se novamente e continuou a retirar pregos das tábuas, enfiando seu pauzinho entre a cabeça do prego e a madeira.

A srta. Goering não soube o que lhe dizer, mas sentiu que era mais agradável continuar falando do que sair sozinha pela rua principal. Podia ver que ele estava um pouquinho aborrecido, de modo que se preparou para fazer a pergunta seguinte numa voz bem mais suave.

– Diga, aquele lugar é perigoso mesmo, ou é só perda de tempo? – perguntou.

– Claro, é tão perigoso quanto a gente queira – disse o velho imediatamente, e todo o seu mau humor pareceu acabar. – Claro que é perigoso. Quem o dirige são uns italianos, e o local é rodeado de campos e mato. – Ele a encarou como a dizer: "Você não precisa saber mais nada além disso, não é?".

Por um momento a srta. Goering sentiu que ele era uma autoridade, e fitou-o nos olhos muito gravemente.

– Mas – indagou –, mas a gente não pode ver facilmente se todos voltaram a salvo? Afinal, se for preciso, basta a gente se parar no topo da colina e ver os jovens desembarcarem da balsa. – O velho guardou seu pauzinho mais uma vez e pegou a srta. Goering pelo braço.

– Venha comigo e convença-se de uma vez. – Levou-a ao cimo da colina e baixaram os olhos para a rua bem iluminada que levava ao ancoradouro. A balsa não estava lá, mas via-se claramente o vendedor de passagens na sua cabine, e o cabo com que amarravam a balsa ao poste, e até a margem oposta. A srta. Goering assimilou lucidamente todo o cenário, e esperava ansiosa o que o velho ia dizer.

– Bom – disse o velho por fim, erguendo o braço e fazendo um gesto vago, abrangendo o rio e o céu –, pode ver que é impossível saber qualquer coisa.

A srta. Goering olhou ao redor, e pareceu que não podia haver nada oculto aos seus olhos, mas ao mesmo tempo acreditou no velho. Sentia-se a um tempo envergonhada e insegura.

– Venha – disse –, eu o convido a tomar uma cerveja comigo.

– Muito obrigado, madame – disse o velho. Seu tom de voz tornou-se servil, e a srta. Goering se sentiu ainda mais envergonhada por ter acreditado no que ele lhe dizia.

Não havia ninguém andando pela rua principal, exceto a srta. Goering e o velho. Passaram por um carro estacionado diante de uma loja escura. Duas pessoas fumavam no assento da frente.

O velho parou diante da vitrina de um bar e grill, e ficou parado olhando uns pedaços de peru e umas salsichas velhas expostas.

– Vamos entrar e comer alguma coisa com nosso pequeno drinque? – perguntou-lhe a srta. Goering.

– Não tenho fome – disse o velho, mas vou entrar com a senhora e me sentar.

A srta. Goering estava desapontada porque ele não parecia ter nenhuma ideia de como conferir um levíssimo ar festivo que fosse àquela noite. O bar estava escuro, mas enfeitado aqui e ali com festões de papel crepom. "Certamente em honra de algum feriado recente", pensou a srta. Goering. Havia uma guirlanda muito bonita de flores de papel verde-claro presas sobre todo o espelho atrás do bar. A sala continha oito, nove mesas, cada uma fechada numa divisão marrom-escura.

A srta. Goering e o velho sentaram-se no bar.

– Escute – disse o velho –, a senhora não preferia sentar numa mesa onde ficaria menos exposta?

– Não – disse a srta. Goering –, acho que aqui é muito, muito agradável. Agora peça o que quiser, sim?

– Eu quero um sanduíche de peru e um sanduíche de carne de porco – disse o velho –, e uma xícara de café, e um uísque.

"Mas que psicologia bem curiosa!", pensou a srta. Goering. "Eu imaginava que ele ficaria constrangido depois de acabar de dizer que não tinha fome."

Ela olhou sobre o ombro, por curiosidade, e notou que atrás dela, numa das divisões, estavam sentados um rapaz e uma moça. O rapaz lia um jornal. Não estava bebendo nada. A moça bebericava um drinque cor de cereja muito apetitoso, com um canudinho. A srta. Goering pediu dois gins um atrás do outro, e quando bebera os dois virou-se e olhou a moça outra vez. Esta parecia ter esperado por aquilo porque seu rosto já estava voltado para a srta. Goering. Sorriu suavemente para srta. Goering, abrindo bem os olhos. Eram muito escuros. O branco desses olhos estava amarelado, notou a srta. Goering. Seu cabelo era preto e ouriçado, e espetado sobre toda a cabeça.

"Judia, romena ou italiana", pensou a srta. Goering. O rapaz não erguia os olhos do jornal, que segurava de modo a esconder seu perfil.

– Está se divertindo? – perguntou a moça à srta. Goering com voz rouca.

– Bem – disse a srta. Goering –, não foi bem exatamente para me divertir que vim até aqui. Mais ou menos me obriguei a isso, simplesmente porque detesto sair sozinha à noite, e prefiro nem sair de casa. Mas a coisa chegou a um ponto tal que estou me forçando a dar esses pequenos passeios...

A srta. Goering interrompeu-se porque na verdade não sabia como explicar à moça o que queria dizer, sem falar com ela por longo tempo, e percebia que seria impossível de momento, pois o garçom andava constantemente entre o bar e o nicho onde ficavam os dois jovens.

– De qualquer modo – disse a srta. Goering –, eu acho que não faz mal algum relaxar e divertir-se um pouco.

– Todo mundo tem de se divertir muitíssimo – disse a moça, e a srta. Goering notou um traço de sotaque em sua pronúncia. – Não é verdade, Gatinho? – disse a moça ao rapaz.

O rapaz baixou o jornal; parecia bastante aborrecido.

– O que é que não é verdade? – perguntou. – Não escutei uma palavra do que você estava dizendo.

A srta. Goering sabia muito bem que era mentira e que ele estava apenas fingindo não ter notado que sua namorada falava com ela.

– Na verdade, nada muito importante – disse ela, fitando-o ternamente nos olhos. – Aquela senhora ali estava dizendo que afinal não faz mal a ninguém relaxar e se divertir.

– Talvez – disse o rapaz – a coisa que mais faça mal hoje em dia seja a gente se divertir. – Disse isso diretamente para a moça, ignorando totalmente o fato de que a srta. Goering fora mencionada. A moça debruçou-se e sussurrou no ouvido dele.

— Querido — disse —, aconteceu alguma coisa terrível àquela mulher. Sinto isso no meu coração. — Por favor, não fique zangado com ela.

— Com quem? — perguntou o rapaz.

Ela riu porque sabia que não podia fazer mais nada. O rapaz era sujeito a esses maus humores, mas ela o amava e conseguia lidar com quase tudo no mundo.

O velho que viera com a srta. Goering pedira licença e levara suas bebidas e sanduíches para junto de um rádio, onde agora estava parado com o ouvido colado no aparelho.

Nos fundos da sala havia um homem jogando bolão sozinho numa pista estreita; a srta. Goering escutava o rumor das bolas ao longo da pista de madeira, e desejou poder ver o jogador, para ter certeza de que na sala não havia ninguém que pudesse ser considerado um perigo, e assim poder ficar em paz naquela noite. Certamente, era possível entrarem mais fregueses pela porta, mas a srta. Goering não pensou nisso. Por mais que tentasse, não conseguia divisar o jogador que rolava as bolas.

O rapaz e a moça estavam discutindo. A srta. Goering notava isso pelo tom de suas vozes. Escutou-os atentamente, sem virar a cabeça.

— Não sei por que você fica furioso só porque eu disse que gosto de vir me sentar um pouco aqui — disse a moça.

— Não há nenhum motivo para preferir este lugar a qualquer outro — disse o rapaz.

— Então, por que você entra? — perguntou a moça, hesitante.

— Não sei — disse ele. — Talvez por ser o primeiro lugar que a gente vê quando sai do nosso quarto.

— Não — disse a moça —, há outros locais. Eu queria que você dissesse que gosta daqui; nem sei por que, mas eu ficaria tão feliz, faz muito tempo que a gente frequenta este lugar.

— Que Deus me castigue se eu disser isso, e se voltar aqui caso você atribua a este lugar poderes de bruxaria.

— Ora, Gatinho — disse a moça, com sincera angústia na voz.

— Gatinho, eu não estou falando de bruxas nem de seus poderes; nem penso nisso. Só pensava nisso quando era bem pequena. Nunca devia ter-lhe contado aquela história.

O rapaz balançava a cabeça; estava muito zangado com a moça.

– Pelo amor de Deus, Berenice – disse –, não é de nada disso que estou falando.

– Então não entendo *de que* está falando – disse Berenice. – Muita gente vem aqui ou a outro lugar anos a fio, todas as noites, e só para tomar uma bebida, e conversar; é porque funciona como um lar para eles. Nós entramos aqui só porque está se tornando um lar para a gente; um segundo lar, se é que se pode chamar nosso quartinho de "lar"; para mim, é um lar, e gosto muito de lá.

O rapaz resmungou, aborrecido.

– E – acrescentou ela sentindo que suas palavras e tom de voz não deixavam de lançar certo encantamento sobre o rapaz – as mesas e cadeiras e paredes aqui se tornaram quase como rostos familiares de velhos amigos.

– Que velhos amigos? – disse o rapaz, cada vez mais furioso. – Que velhos amigos? Para mim é só outra latrina onde pessoas pobres se encharcam de álcool para esquecer que não têm nenhum dinheiro.

Sentava-se muito ereto, olhando fixo para Berenice.

– Acho que de certa forma é verdade – disse ela, vagamente. – Mas sinto que há alguma coisa mais.

– Esse é que é o problema.

Enquanto isso, Frank, o homem do bar, escutara a conversa de Berenice com Dick. Era uma noite chata, e quanto mais ele pensava no que o rapaz dissera, mais irritado ficava. Resolveu ir até a mesa e começar uma briga.

– Ora vamos, Dick – disse, agarrando o rapaz pela gola da camisa –, se é assim que você pensa deste lugar, suma daqui.

– E arrancou-o do seu assento e lhe deu um empurrão fortíssimo. Dick cambaleou alguns passos e caiu por cima do bar.

– Seu monte de banha – berrou Dick para o barman, atirando-se em cima dele –, seu pedaço de banha podre, vou amassar essa sua cara branca.

Os dois agora brigavam feio. Berenice estava parada sobre a mesa puxando as camisas dos dois para tentar separá-los.

Conseguia alcançá-los até quando estavam bastante longe da mesa, porque os bancos terminavam em postes dos dois lados, e agarrando um deles ela conseguia se estender até por cima das cabeças dos dois lutadores.

    De onde estava parada agora, a srta. Goering conseguia ver a carne por cima da meia de Berenice cada vez que ela se debruçava muito de sua divisão. Isso não a teria perturbado tanto se ela não notasse que o jogador de bolão agora saíra de seu lugar e olhava fixamente a carne nua de Berenice cada vez que havia ocasião. O homem tinha um rosto estreito e vermelho, nariz levantado e inflamado, e lábios muito finos. Seu cabelo era quase cor de laranja. A srta. Goering não conseguiu saber se ele era um caráter extremamente correto ou uma natureza criminosa, mas a intensidade da sua atitude lhe provocava um medo mortal. A srta. Goering também não conseguia saber se ele olhava Berenice com interesse ou sarcasmo.

    Embora estivesse levando uns bons socos e de sua cara escorresse suor, Frank, o barman, parecia muito calmo, e a srta. Goering achou que ele estava perdendo interesse pela briga, e que na verdade a única pessoa tensa na sala no momento era o homem parado atrás dela.

    Logo Frank estava com o lábio partido, e Dick sangrava pelo nariz. Pouco depois os dois pararam de brigar e caminharam cambaleando até o banheiro. Berenice saltou da mesa e correu atrás deles.

    Voltaram em alguns minutos, lavados e penteados e apertando lenços sujos na boca. A srta. Goering caminhou até eles e segurou cada um pelo braço.

    – Estou contente por isso ter acabado, e quero que cada um de vocês tome uma bebida como meu convidado.

    Dick parecia muito triste e resignado agora. Concordou solenemente meneando a cabeça e sentaram-se juntos, e esperaram que Frank lhes preparasse as bebidas. Ele voltou com os drinques, e depois de servi-los sentou-se também à mesa. Todos beberam em silêncio por algum tempo. Frank estava devaneando, e parecia pensar em coisas muito pessoais, que nada tinham a ver com os acontecimentos da noite. Uma vez pegou uma agenda de endereços e olhou suas páginas várias vezes. Foi a srta. Goering quem primeiro quebrou o silêncio.

– Agora me diga – disse a Berenice e Dick –, me digam em que estão interessados.

– Eu me interesso pelas lutas políticas – disse Dick –, o que naturalmente é a única coisa que deveria interessar às pessoas que se respeitam. Também estou do lado certo, o lado vencedor. O lado que acredita na redistribuição do capital. – Ele deu uma risadinha, e via-se facilmente que pensava estar falando com uma perfeita idiota.

– Já ouvi tudo a respeito disso – comentou a srta. Goering.
– E em que você está interessada? – perguntou à moça.

– Em qualquer coisa por que ele se interesse, mas é verdade que antes de o conhecer eu já acreditava que a luta política é muito importante. Sabe, tenho um temperamento diferente do dele. O que me faz feliz. Eu pareço conseguir pegar o céu com as duas mãos; e eu só seguro o que amo, porque é a única coisa que realmente consigo ver. O mundo interfere em mim e na minha felicidade, mas nunca interfiro no mundo a não ser agora, desde que estou com Dick. – Berenice colocou a mão sobre a mesa, para que Dick a segurasse. Já estava um pouco bêbada.

– Fico triste ouvindo você falar desse jeito – disse Dick. – Você, como mulher de esquerda, sabe muito bem que, antes de lutarmos pela nossa felicidade pessoal, temos de lutar por outra coisa. Vivemos num tempo em que a felicidade pessoal significa pouca coisa, porque o indivíduo só tem poucos momentos de vida. É melhor destruir primeiro a si próprio: pelo menos, manter só aquela parte de você que pode ser útil a um grupo maior de pessoas. Se não fizer isso, você perde a visão da realidade objetiva, e assim por diante, e mergulha num misticismo que, agora, seria perda de tempo.

– Tem razão, Dickie, querido – disse Berenice –, mas às vezes eu adoraria ser atendida numa sala linda. Às vezes acho que seria bom ser uma burguesa. (Ela pronunciou a palavra "burguesa" como se recém a tivesse aprendido, observou a srta. Goering.) Berenice prosseguiu:

— Eu sou esse tipo de pessoa. Embora pobre, sinto falta das mesmas coisas de que elas sentem falta, porque às vezes, de noite, pensar que elas estão dormindo em suas casas, com segurança, em vez de me deixar furiosa me enche de paz, como uma criança que tem medo de noite e gosta de escutar adultos conversando na rua lá fora. Você não acha que o que estou dizendo tem algum sentido, Dickie?

— De jeito nenhum! – disse o rapaz. – Sabemos perfeitamente que é essa segurança deles que nos faz gritar à noite.

Agora a srta. Goering estava muito ansiosa por entrar nessa conversa.

— Você está interessado em ganhar uma batalha muito correta e inteligente – disse a Dick. – Eu estou bem mais interessada no que está tornando essa batalha tão difícil de ganhar.

— Eles têm o poder nas mãos; têm a imprensa e os meios de produção.

A srta. Goering pôs a mão sobre a boca do rapaz. Ele saltou.

— É verdade – disse ela –, mas não é muito óbvio que há outra coisa que você combate? Você combate a atual posição deles no mundo, à qual todos estão encarniçadamente agarrados. Nossa raça, como você sabe, não é torpe. Eles estão obstinados porque acreditam que a terra é chata e que a qualquer momento podem cair dela. É por isso que se agarram assim, ao meio. Isto é, agarram-se a todos os ideais pelos quais sempre viveram. Não se podem confrontar homens que ainda lutam contra a treva e os dragões com um novo futuro.

— Bem, não – disse Dick –, mas então o que é que eu deveria fazer?

— Lembre-se – disse a srta. Goering – de que uma revolução ganha é um adulto que tem de matar sua infância definitivamente.

— Vou me lembrar – disse Dick, zombando um pouco da srta. Goering.

O jogador de bolão estava parado no bar agora.

— É melhor eu ir ver o que o Andy quer – disse Frank. Estivera assobiando baixinho durante toda a conversa da srta. Goering com Dick, mas parecia mesmo assim ter escutado tudo, porque quando estava se afastando da mesa virou-se para a srta. Goering:

— Acho que a terra é um lugar muito bom para se viver – disse –, e nunca senti que dar um passo longo demais me faria cair dela. A gente sempre pode fazer as coisas duas, três vezes na terra, e todo mundo tem paciência até a gente acertar. O primeiro erro não significa que a gente esteja acabado.

— Bem, eu não estava falando nada disso – disse a srta. Goering.

— Era disso que estava falando, sim. Não tente escapar agora. Mas eu lhe digo que para mim está tudo muito bom. – Ele olhava intensamente nos olhos da srta. Goering. – Minha vida é minha, não importa se é de mendigo ou príncipe.

— Mas de que diabo ele está falando? – perguntou a srta. Goering a Berenice e Dick. – Parece achar que eu o insultei.

— Deus é que sabe! – disse Dick. – De qualquer modo, estou com sono. Berenice, vamos para casa.

Enquanto Dick pagava Frank no bar, Berenice debruçou-se para a srta. Goering e sussurrou no ouvido dela.

— Sabe, querida, ele não é realmente assim quando estamos em casa sozinhos. Ele me faz feliz de verdade. É um rapazinho muito terno, e você devia ver as coisas simples que o encantam quando está em seu próprio quarto e não com gente estranha. Bom – ela endireitou-se e pareceu um pouco constrangida por aquele impulso de confiança –, bom, foi um prazer conhecê-la e espero que não lhe tenhamos causado nenhum problema. Acredite, isso nunca aconteceu antes, porque no fundo Dick é como você e eu, mas anda muito nervoso. Por isso, tem de perdoá-lo.

— Claro – disse a srta. Goering –, mas não sei de que o perdoaria.

— Bem, adeus – disse Berenice.

A srta. Goering estava demasiado constrangida e chocada com o que Berenice dissera às costas de Dick para notar de imediato que agora ela era a única pessoa no salão do bar, exceto o homem que jogara bolão e o velho, que dormia com a cabeça sobre o bar. Mas, percebendo isso, sentiu por um desolado instante que tudo fora previamente determinado, e que, embora ela se tivesse forçado a dar aquele pequeno passeio ao continente, fazendo-o caíra na armadilha de forças superiores. Sentiu que não poderia ir embora, e que, se tentasse, alguma coisa haveria de interferir com sua partida.

Com o coração debilitado, viu que o homem apanhara sua bebida do bar e vinha em sua direção. Parou junto da mesa dela, e ficou ali, em pé, segurando o copo.

– Vai tomar uma bebida comigo, não vai? – perguntou ele, e não parecia muito cordial.

– Lamento – disse Frank atrás do bar –, mas estamos fechando. Não posso mais servir bebidas.

Andy não disse nada. Saiu pela porta, fechando-a com estrondo. Ouviram-no andando de um lado para outro, fora do bar.

– Ele vai começar com aquele jeito outra vez – disse Frank. – Droga.

– Ah, meu Deus – disse a srta. Goering. – Você tem medo dele?

– Claro que não – disse Frank –, mas ele é uma pessoa desagradável... é a única palavra que posso aplicar a ele... desagradável; e afinal, a vida é tão curta.

– Bom – disse a srta. Goering –, mas ele é perigoso?

Frank encolheu os ombros. Andy voltou em seguida.

– Apareceram a lua e as estrelas – disse. – Quase pude enxergar o fim da cidade. Não há polícia à vista, acho que podemos tomar o nosso gole.

E enfiou-se no banco diante da srta. Goering.

– Tudo frio, e morto na rua, nada se mexendo – começou. – Mas hoje em dia é assim que gosto das coisas; desculpe se pareço meio sombrio para uma mulher alegre como você, mas costumo nunca prestar atenção à pessoa com quem estou falando. Acho que as pessoas diriam sobre mim: "Não tem respeito para com outros seres humanos". Você tem muito respeito por seus amigos, tenho certeza, mas é só porque respeita a si mesma, o que é sempre o ponto de partida para qualquer coisa: a gente mesmo.

A srta. Goering não se sentia muito mais à vontade, agora que ele lhe falava, do que antes de ele sentar. O homem parecia cada vez mais veemente, e quase zangado ao falar, e sua maneira de atribuir a ela qualidades que não eram nada verdadeiras dava à sua conversa uma qualidade sinistra, e ao mesmo tempo fazia a srta. Goering sentir-se incoerente.

— Você mora nesta cidade? — indagou a srta. Goering.

— Moro, sim — disse Andy. — Tenho três quartos mobiliados num edifício de apartamentos, novo. É o único edifício de apartamentos na cidade. Pago aluguel todos os meses e moro lá bem sozinho. De tarde o sol entra em meu apartamento, o que na minha opinião é uma das maiores ironias, porque de todos os apartamentos do edifício o meu é o mais ensolarado, e eu durmo lá o dia todo, com as persianas baixadas. Não morei sempre lá. Antes morava na cidade com minha mãe. Mas foi a coisa mais parecida que encontrei com uma ilha penal, de modo que me serve; me serve muito bem. — Ele remexeu em alguns cigarros por um minuto, olhos propositadamente desviados do rosto da srta. Goering. Lembrava-a de certos comediantes que por fim recebem um papel trágico, secundário, e o executam bastante bem. Ela também teve a impressão bem definida de que alguma coisa estava dividindo em dois a mente dele, fazendo-o revirar-se nos lençóis em vez de dormir, e levar uma existência muito desgraçada. Soube que logo descobriria do que se tratava.

— Você tem um tipo muito especial de beleza — disse-lhe ele; — um nariz feio, mas lindos olhos e cabelos. No meio de todo esse horror, eu gostaria de ir com você para a cama. Mas para fazer isso teríamos de sair deste bar e ir ao meu apartamento.

— Bem, não posso lhe prometer nada, mas gostaria de ir ao seu apartamento — disse a srta. Goering.

Andy disse a Frank que chamasse o ponto de táxi, e dissesse a certo homem que trabalhava toda a noite para vir apanhar os dois.

O táxi rodou muito devagar pela rua principal. Era bem velho, e por isso fazia muito barulho. Andy meteu a cabeça fora da janela.

— Como vão, damas e cavalheiros? — gritou para a rua vazia, tentando imitar sotaque inglês. — Eu espero, espero mesmo, que cada um de vocês esteja se divertindo à beça nessa cidade maravilhosa. — Depois recostou-se em seu assento e sorriu um sorriso tão medonho que a srta. Goering teve medo outra vez.

— Você podia rolar um aro por esta rua abaixo, nua, à meia-noite, e ninguém perceberia — disse ele.

— Bem, se você acha um lugar tão ruim — disse a srta. Goering —, por que não pega suas malas e vai para outra parte?

— Ah, não — disse ele, melancólico —, nunca farei isso. Não adianta eu fazer isso.

— São seus negócios que o prendem aqui? — perguntou a srta. Goering, embora soubesse perfeitamente bem que ele falava de algo espiritual e muito mais importante.

— Não me chame de homem de negócios — disse ele.

— Então você é um artista?

Ele balançou a cabeça vagamente, como se não soubesse bem o que era um artista.

— Então, tudo bem — disse a srta. Goering —, vou adivinhar duas coisas. Você não vai mesmo me dizer o que é?

— Um vagabundo! — disse ele, baixando mais no seu assento. — Você sabia disso todo o tempo, não sabia, sendo uma mulher inteligente?

O táxi parou diante de um edifício de apartamentos que ficava entre um terreno baldio e uma série de lojas térreas.

— Sabe, eu pego o sol da tarde o dia inteiro porque não há nenhuma obstrução — disse ele. — Tenho vista por cima deste terreno baldio.

— Há uma árvore no terreno baldio — disse a srta. Goering —, acho que você a consegue ver de sua janela.

— Sim — disse Andy. — Sinistra, não é?

O edifício de apartamentos era muito novo, e bem pequeno. Ficaram parados juntos no saguão, enquanto Andy procurava chaves nos bolsos. O chão imitava mármore amarelo, exceto no centro, onde o arquiteto colocara um pavão azul, em mosaico, rodeado de várias flores de caule longo. Era difícil distinguir o pavão na penumbra, mas a srta. Goering agachou-se sobre os calcanhares para o examinar melhor.

— Acho que são lírios aquáticos ao redor do pavão — disse Andy. — Mas um pavão devia ter milhares de cores, não é? Multicolorido, não é essa a coisa interessante do pavão? E esse aí é todo azul.

— Bem — disse a srta. Goering —, quem sabe assim é mais bonito.

Deixaram o saguão e subiram por feios degraus de ferro. Andy morava no primeiro andar. No corredor havia um odor terrível, e ele disse que não desaparecia nunca.

— Cozinham para dez pessoas ali, o dia inteiro. Trabalham em horas diferentes do dia; metade delas não vê a outra metade senão nos domingos e feriados.

O apartamento de Andy era quente e abafado. Os móveis eram marrons, e parecia que nenhuma das almofadas combinava direito com as cadeiras.

— Fim de linha — disse Andy. — Sinta-se em casa. Vou tirar um pouco da minha roupa. — Ele voltou num minuto usando um roupão de tecido bem barato. Os dois extremos do cordão tinham sido parcialmente comidos.

— O que aconteceu com os cordões do seu roupão? — perguntou a srta. Goering.

— Meu cachorro comeu tudo.

— Ah, você tem cachorro? — perguntou ela.

— Houve um tempo em que eu tinha um cachorro, um futuro, e uma namorada — disse ele. — Mas agora tudo mudou.

— Bem, o que aconteceu? — perguntou a srta. Goering, tirando o xale dos ombros e limpando a testa com um lenço. O calor úmido já começava a fazê-la suar, especialmente porque há tempos não estava mais habituada a aquecimento central.

— Não vamos falar da minha vida — disse Andy, erguendo a mão como um guarda de trânsito. — Em vez disso, vamos beber um pouco.

— Tudo bem, mas eu acho que cedo ou tarde devíamos falar da sua vida — disse a srta. Goering. Todo o tempo ela estava pensando que dentro de uma hora ia para casa. "Acho que para uma primeira noite me saí muito bem", disse para si mesma. Andy estava se levantando e firmou melhor o cordão do roupão na cintura.

– Eu estava noivo de uma moça muito boa, que trabalhava fora – disse ele. – Eu a amava tanto quanto um homem pode amar uma mulher. Ela tinha uma testa suave, lindos olhos azuis, dentes não muito bons. As pernas mereciam ser fotografadas. Seu nome era Mary, e ela se dava bem com minha mãe. Era uma moça simples, com uma mentalidade comum, e costumava levar foras tremendos da vida. Às vezes jantávamos à meia-noite só para nos divertirmos, e ela me dizia: "Imagine a gente andando pela rua à meia-noite só para jantar. Só duas pessoas comuns. Talvez nem exista a sanidade". Naturalmente eu não lhe dizia que há muita gente, como pessoas que moram no 5 *D*, que jantam à meia-noite, não porque são malucas mas porque têm empregos que as obrigam a isso, pois aí ela não teria se divertido tanto. Eu não ia estragar tudo dizendo-lhe que o mundo não era doido, que o mundo era bastante certo; e também não sabia que dois meses depois o namorado dela ia se tornar uma das pessoas mais loucas deste mundo.

As veias na testa de Andy estavam começando a inchar, seu rosto mais vermelho, as narinas úmidas de suor.

– Muitas vezes eu ia jantar num restaurante italiano; ficava logo depois da esquina, vindo da minha casa; eu conhecia quase todas as pessoas que comiam lá, e a atmosfera era muito simpática. Alguns de nós sempre comíamos juntos. Eu sempre comprava o vinho porque tinha mais dinheiro que a maioria deles. Depois havia um par de homens idosos que comia lá, mas nunca nos incomodávamos com eles. Havia também um homem que não era velho, mas solitário, e não se misturava com os outros. Sabíamos que ele tinha trabalhado no circo, mas nunca descobrimos o que ele fazia lá, nem nada. Então, uma noite, na noite antes de ele a levar para lá, eu estava olhando para ele sem nenhum motivo, e vi que se levantou e dobrou seu jornal no bolso, o que era esquisito porque nem tinha terminado seu jantar. Depois virou-se para nós e tossiu como quem limpa a garganta. "Cavalheiros", ele disse, "tenho um anúncio a fazer." Eu tive de acalmar os rapazes, porque tinha uma voz tão fraquinha que quase não se escutava o que dizia.

"Não vou roubar muito do seu tempo", continuou ele, como quem estivesse discursando num grande banquete, "mas quero lhes dizer tudo, e vão entender a razão em um minuto. Eu só quero lhes contar que amanhã de noite vou trazer uma jovem para cá, e sem reservas quero que todos a amem: essa dama, cavalheiros, é como uma boneca quebrada. Não tem braços nem pernas." Depois sentou-se, muito quieto, e começou a comer outra vez.

– Mas que coisa mais constrangedora! – disse a srta. Goering. – Meu Deus, e o que vocês responderam?

– Não me lembro – disse Andy. – Só me lembro de que foi constrangedor, como você disse, e achamos que ele não precisava anunciar aquilo.

– Na noite seguinte ela já estava na cadeira quando entramos; bem arrumada e com uma blusa limpa, muito bonita, presa na frente com um broche em forma de borboleta. Seu cabelo também estava encrespado e era de um louro natural. Fiquei de ouvido apurado e ouvi-a dizer ao homenzinho que seu apetite estava melhorando cada dia, e que agora conseguia dormir catorze horas por dia. Depois, comecei a notar sua boca. Era realmente linda. Depois, logo comecei a imaginar como ela seria; o resto dela, sabe... sem pernas. – Ele parou de falar, e andou uma vez ao redor do quarto, erguendo os olhos para as paredes.

– Aquela ideia entrou na minha mente como uma cobra nojenta, e se enroscou ali, para ficar. Eu olhava a cabeça dela, tão pequena e delicada contra aquela parede escura e triste, e pela primeira vez eu estava comendo a maçã do pecado.

– Realmente, a primeira vez? – disse a srta. Goering. Parecia desnorteada, e por um momento perdeu-se em seus pensamentos.

– A partir dali eu não pensava em outra coisa senão em descobrir aquilo; todos os outros pensamentos saíram da minha cabeça.

— E antes disso, quais eram seus pensamentos? – perguntou a srta. Goering, um pouco maliciosa. Ele pareceu nem escutar.

— Bom, isso continuou assim algum tempo... aquele meu sentimento pela moça. Eu estava me encontrando com Belle, que depois daquela primeira noite vinha seguidamente ao restaurante, e também me encontrava com Mary. Fiquei amigo de Belle. Não havia nada de especial com ela. Gostava de vinho, e eu costumava despejar um pouco na sua garganta. Também falava demais em sua família, e era um pouco devota. Não exatamente religiosa, mas excessivamente cheia do leite da bondade humana. E aquela minha terrível curiosidade, ou desejo, crescia cada vez mais, até que por fim minha mente começou a vagar quando eu estava com Mary, e eu não podia mais dormir com ela. Ela aguentou tudo muito bem, paciente como um cordeirinho. Era jovem demais para que uma coisa daquelas lhe acontecesse. Eu era como um velho horroroso, ou um desses reis impotentes com um passado de sífilis.

— Você contou à sua namorada o que estava atacando seus nervos? – perguntou a srta. Goering tentando apressá-lo um pouco.

— Eu não lhe disse nada porque queria que tudo continuasse bem para ela, com as estrelas sobre sua cabeça, e nada de se sentir enganada; queria que pudesse passear no parque, e alimentar os passarinhos, por muitos anos, com algum homem decente de braço com ela. Não queria que tivesse de se trancar dentro de si mesma e espiar o mundo por uma janela pregada. Pouco depois eu fui para a cama com Belle e peguei um belo caso de sífilis, que levei dois anos para curar. Naquele tempo comecei a jogar bolão e por fim deixei a casa de minha mãe, e meu trabalho, e vim para essa Terra de Ninguém. Posso morar neste apartamento com o pouco dinheiro que ganho de um edifício meu nos cortiços da cidade.

Ele sentou-se numa cadeira diante da srta. Goering, e pôs o rosto nas mãos. A srta. Goering achou que ele terminara, e ia mesmo agradecer sua hospitalidade e lhe dar boa-noite, quando ele descobriu o rosto e recomeçou:

— Lembro direito o pior de tudo; eu cada vez menos podia olhar para minha mãe. Ficava o dia todo fora jogando bolão, e metade da noite. Depois, no dia 4 de Julho, resolvi fazer um esforço especial para passar o dia com ela. Ia haver um grande desfile passando diante de nossa janela às três da tarde. Bem perto dessa hora, eu estava parado na sala com meu terno passado, e mamãe sentada o mais perto possível da janela. Era um dia de sol lá fora, ótimo para um desfile. O desfile foi pontual, porque quinze para as três começamos a ouvir música ao longe. Então, pouco depois passava a minha bandeira vermelha, branca e azul, levada por uns meninos bonitos. A banda tocava "Yankee-Doodle". De repente eu escondi o rosto nas mãos; não podia olhar a bandeira do meu país. Entendi, definitivamente, que tinha ódio de mim mesmo. Desde então aceitei minha condição de abjeto. "Cidadão Abjeto" é um nome secreto que dou a mim mesmo. A gente pode se divertir na imundície, sabe, desde que aceite um lugar dentro dela em vez de ficar tentando se retorcer ali.

— Bem — disse a srta. Goering —, eu acho que com um pouco de esforço você bem que podia se dominar. Eu também não daria muita importância àquele episódio da bandeira.

Ele a fitou, vagamente.

— Você fala como uma dama de sociedade — disse.

— Eu *sou* uma dama de sociedade — disse a srta. Goering. — Também sou rica, mas de propósito baixei meus padrões de vida. Deixei minha bela casa e me mudei para uma casinhola na ilha. Está em péssimo estado mas praticamente não me custa nada. O que acha disso?

— Acho que você é maluca — disse Andy, nada amistoso. Tinha a testa franzida, ar sombrio. — Pessoas como você não deviam ter dinheiro.

A srta. Goering surpreendeu-se com essa indignação.

— Por favor — disse —, pode abrir a janela?

— Se eu abrir — disse Andy — vai entrar um vento gelado.

— Mesmo assim — disse a srta. Goering. — acho que eu preferia isso.

— Olhe aqui — disse Andy, remexendo-se na cadeira, inquieto. — Eu acabo de ter uma gripe séria, e tenho um medo horrível de correntes de ar. — Mordeu os lábios e parecia extremamente preocupado. — Eu posso ficar um pouco parado no meu quarto se quiser, enquanto você respira o seu ar puro — acrescentou um pouco mais animado.

— Uma ideia e tanto — disse a srta. Goering.

Ele saiu, e fechou mansamente a porta do quarto de dormir. Ela ficou encantada com a chance de respirar ar puro, abriu a janela e, apoiando as mãos bem separadas no parapeito, inclinou-se para fora. Teria gozado daquilo muito tempo se não soubesse que, no quarto ao lado, estava Andy parado, imóvel, morrendo de tédio e impaciência. Ele a assustava um pouco, mas dava-lhe a sensação de uma terrível responsabilidade. Havia um posto de gasolina diante do edifício. Embora o escritório estivesse vazio, estava iluminado, e tinham esquecido um rádio ligado sobre a mesa. Ouvia-se uma canção popular. Logo depois, uma breve batida na porta, exatamente o que ela esperava escutar. Fechou a janela, com pena, antes mesmo que a canção acabasse.

— Entre — disse —, entre. — Ficou atônita ao ver, quando Andy abriu a porta, que ele tirara toda a roupa à exceção das meias e cuecas. Não parecia embaraçado, mas portava-se como se tivessem combinado tacitamente que ele apareceria naqueles trajes.

Foi com ela até o sofá, e fez com que se sentasse a seu lado. Depois passou o braço em torno dela, e cruzou as pernas. Eram terrivelmente finas, e de modo geral parecia inofensivo, agora que tirara a roupa. Ele apertou o rosto contra o da srta. Goering.

— Acha que pode me fazer um pouco feliz? — indagou.

— Pelo amor de Deus — disse a srta. Goering, sentada muito rígida. — Achei que você já tinha superado esse tipo de coisa.

— Bom, sabe, nenhum homem pode ver seu futuro. — Ele estreitou os olhos e tentou beijá-la.

— E aquela mulher — disse ela —, Belle, a que não tinha braços nem pernas?

– Por favor, querida, não vamos falar dela agora. Pode me fazer esse favor? – Sua voz era um pouco irônica mas havia excitação também. Ele disse:

– Agora, me conte direitinho do que gosta. Sabe... não estive só perdendo meu tempo nesses dois anos. Há algumas coisinhas de que me orgulho.

A srta. Goering fez um ar muito solene. Pensava nisso com muita seriedade, porque suspeitava que, se aceitasse a oferta de Andy, seria bem mais difícil suspender aqueles passeios, caso o desejasse. Até pouco tempo atrás nunca seguira tão perigosamente longe nenhuma ação que tivesse julgado moralmente certa. Não aprovava lá muito essa sua fraqueza, mas até certo ponto era suficientemente sensata e feliz para se proteger automaticamente. Contudo, agora sentia-se um pouco embriagada, e a sugestão de Andy a seduzia bastante. "É preciso permitir que certa leviandade em nossa natureza faça coisas que a vontade não consegue fazer", pensou.

Andy olhava para a porta do quarto. De repente mudara, parecia confuso. "Isso não quer dizer que não esteja dominado pela luxúria", pensou a srta. Goering. Ele se levantou e andou ao redor da sala. Por fim tirou de trás do sofá um velho gramofone. Gastou um bocado de tempo limpando o pó dele e juntando agulhas espalhadas ao redor e debaixo do prato giratório. Quando se ajoelhou diante do instrumento, ficou bastante absorvido no que fazia, e seu rosto assumiu uma expressão quase bondosa.

– É um aparelho velho – murmurou –, comprei há muito, muito tempo.

O aparelho era muito pequeno e terrivelmente antiquado, e se a srta. Goering fosse sentimental teria sentido um pouco de tristeza observando-o; mas estava ficando impaciente.

– Não consigo escutar uma palavra do que está dizendo – gritou-lhe, numa voz desnecessariamente alta.

Ele se levantou sem responder, e entrou no quarto. Quando voltou vestia novamente o roupão, e segurava um disco.

– Você acha que sou bobo – disse –, mexendo nessa velha máquina quando tudo o que tenho para tocar para você é este disco. Uma marcha: veja. – E entregou-o a ela para que lesse o título da peça, e o nome da banda que tocava.

– Talvez você prefira nem ouvir – disse ele. – Uma porção de gente não gosta de marchas.

– Não, toque – disse a srta. Goering. – Vou gostar muito, de verdade.

Ele colocou o disco e sentou-se na beira de uma cadeira muito desconfortável, a certa distância da srta. Goering. O som era alto demais, e a marcha era a "Washington Post". A srta. Goering sentia-se tão esquisita como uma pessoa se sente escutando música marcial numa sala quieta. Andy parecia estar gostando, e marcava o ritmo com os pés durante toda a duração do disco. Mas quando terminou, parecia estar ainda mais confuso do que antes.

– Gostaria de ver o apartamento? – perguntou.

A srta. Goering saltou do sofá depressa, antes que ele mudasse de ideia.

– Antes de mim, este apartamento foi de uma costureira, por isso meu quarto de dormir é meio efeminado para um homem.

Ela o seguiu até o quarto de dormir. Ele o arrumara bastante mal, e as fronhas dos dois travesseiros estavam encardidas e amassadas. Sobre a cômoda dele havia fotografias de várias moças, todas terrivelmente feias e comuns. Para a srta. Goering, pareciam antes do tipo de moça que vai à igreja do que amantes de um solteirão.

– São moças muito simpáticas, não são? – disse Andy à srta. Goering.

– Adoráveis – disse ela. – Adoráveis.

– Nenhuma das moças mora nesta cidade – disse ele. – Moram em diferentes cidades vizinhas. Essas moças são protegidas e não gostam de solteirões da minha idade. Não as censuro. Quando tenho vontade, levo uma dessas moças dos retratos para passear. Até me sento em suas saletas com elas uma noite, quando seus pais estão em casa. Mas elas não me veem muito, acredite.

A srta. Goering estava cada vez mais perplexa, mas não lhe fez mais perguntas, porque de repente se sentia cansada.

— Acho que vou andando — disse ela balouçando-se um pouco sobre os pés. Imediatamente percebeu como estava sendo grosseira e pouco bondosa, e viu que Andy enrijecia. Ele meteu os punhos nos bolsos.

— Bem, não pode ir agora — disse ele. — Fique um pouco mais, e faço um café.

— Não, não, não quero café. De qualquer modo devem estar preocupados comigo em casa.

— Quem são *eles*? — perguntou Andy.

— Arnold, o pai de Arnold e a srta. Gamelon.

— Parece uma multidão horrenda — disse ele. — Eu não poderia viver com um grupo desses.

— Eu adoro — disse a srta. Goering.

Ele a abraçou e tentou beijá-la, mas ela o empurrou.

— Não, sinceramente, estou cansada demais.

— Tudo bem — disse ele —, tudo bem! — Havia uma funda ruga em sua testa e ele parecia totalmente infeliz. Tirou seu roupão e meteu-se na cama. Ficou ali deitado com o lençol até o pescoço, remexendo os pés e olhando o teto como alguém que tem febre. Havia uma pequena lâmpada acesa na mesa ao lado da cama, que dava diretamente no rosto dele, de modo que a srta. Goering conseguiu distinguir muitas linhas que não percebera antes. Foi até a cama, e debruçou-se sobre ele.

— *O que foi?* — perguntou. — Tivemos uma noite muito agradável, e todos precisamos dormir um pouco.

Ele riu na cara dela.

— Você é maluca — disse. — E não sabe coisa nenhuma sobre pessoas. Mas eu estou muito bem aqui. — Ele puxou o lençol mais para cima e ficou ali deitado, respirando pesadamente. — Há uma balsa às cinco horas, que sai dentro de meia hora. Quer voltar amanhã de noite? Estarei onde estive esta noite, no bar.

Ela prometeu que voltaria na noite seguinte, e depois que ele lhe explicara como chegar ao ancoradouro, abriu a janela para ele e saiu.

Coisa bem tola, a srta. Goering esquecera de levar a chave, e foi obrigada a bater à porta para entrar em casa. Bateu duas vezes, e quase imediatamente ouviu alguém correndo escadas abaixo. Soube que era Arnold antes mesmo que ele abrisse a porta. Usava um casaco de pijama cor-de-rosa e calças. Seus suspensórios pendiam sobre os quadris. A barba crescera bastante para tão pouco tempo e ele parecia mais relaxado que nunca.

– Arnold, o que há com você? Está com uma aparência horrível! – disse a srta. Goering.

– Bem, passei uma noite péssima, Christina. Acabei de fazer Bubbles dormir há pouco; ela está terrivelmente preocupada com você. Na verdade acho que você não teve muita consideração.

– Quem é Bubbles? – perguntou a srta. Goering.

– Bubbles – disse ele – é o nome que eu dei à srta. Gamelon.

– Bem – disse a srta. Goering entrando em casa e sentando-se diante da lareira –, peguei a balsa até continente e andei envolvida. Talvez volte amanhã de noite, mas não quero muito ir.

– Não sei o que acha de tão interessante e intelectual em explorar uma cidade diferente – disse Arnold apoiando o queixo na mão, e olhando fixo para ela.

– É que eu acho que, para mim, o mais difícil de fazer é, em parte, me transferir de uma coisa para outra.

– Espiritualmente – disse Arnold tentando ser mais sociável –, espiritualmente eu estou sempre em pequenas viagens, e a cada seis meses mudo totalmente de personalidade.

– Não acredito nisso um só minuto – disse a srta. Goering.

– Não, não, é verdade. E acho o maior absurdo mudar-se fisicamente de um lugar para outro. Todos os lugares são mais ou menos a mesma coisa.

A srta. Goering não disse nada. Ajeitou melhor o xale nos ombros, e de repente parecia muito velha e muito triste.

Arnold começou a duvidar da validade do que acabava de dizer e resolveu que, na noite seguinte, faria a mesma excursão da qual a srta. Goering voltara. Seu maxilar ficou saliente, e ele tirou uma agenda do bolso.

– Pode me indicar como se chega ao continente? – perguntou. – A que horas sai o trem, e assim por diante.

– Para quê? – disse a srta. Goering.

– Porque eu vou lá amanhã à noite. Pensei que a essa altura você tivesse adivinhado.

– Não, pelo que você acaba de me dizer, eu não adivinharia.

– Bom, eu falo de um jeito – disse Arnold –, mas na verdade, no fundo, sou tão maníaco quanto você.

– Eu queria ver seu pai – disse a srta. Goering.

– Acho que está dormindo. Espero que recobre o juízo e volte para casa – disse Arnold.

– Bem, eu espero o contrário – disse a srta. Goering. – Sou terrivelmente ligada a ele. Vamos subir e dar uma espiada no quarto dele.

Subiram as escadas juntos, e a srta. Gamelon veio recebê-los no patamar. Seus olhos estavam inchados e ela estava enrolada num pesado roupão de lã.

Começou a falar com a srta. Goering, numa voz grossa de sono.

– Mais uma vez, e você nunca mais verá Lucy Gamelon.

– Ora, Bubbles – disse Arnold –, lembre-se de que esta não é uma casa comum, e deve esperar certas excentricidades de parte dos internos. Está vendo, classifiquei a todos nós como internos.

– Arnold – disse a srta. Gamelon –, não comece. Você sabe o que eu lhe disse esta tarde sobre falar disparates.

– Por favor, Lucy – disse Arnold.

– Venham, venham, vamos todos dar uma espiada no pai de Arnold – sugeriu a srta. Goering.

A srta. Gamelon seguiu-os, a fim de continuar admoestando Arnold, o que fez em voz baixa. A srta. Goering abriu a porta. O quarto estava muito frio, e ela percebeu pela primeira vez que já estava claro lá fora. Tudo acontecera muito depressa enquanto ela falava com Arnold na saleta, mas lá era quase sempre escuro por causa dos densos arbustos lá fora.

O pai de Arnold dormia de costas. Seu rosto estava sossegado, e ele respirava regularmente, sem roncar. A srta. Goering o sacudiu pelos ombros algumas vezes.

– Os procedimentos nesta casa – disse a srta. Gamelon – são dignos de criminosos. Você está acordando um velho que precisa dormir, mal rompe a madrugada. Eu tremo, só de estar aqui parada vendo o que aconteceu com você, Christina.

Por fim o pai de Arnold acordou. Demorou um pouquinho para perceber o que acontecera, mas quando notou apoiou-se nos cotovelos e disse à srta. Goering, de um modo muito animado:

– Bom dia, sra. Marco Polo. Que lindos tesouros trouxe do Oriente? Fico feliz em vê-la, e se há algum lugar aonde queira que eu vá com a senhora, estou pronto. – Ele recaiu no travesseiro, com um baque.

A srta. Goering disse que o veria mais tarde, que no momento precisava muito descansar. Saíram do quarto, e, antes de fecharem a porta, o pai de Arnold já estava dormindo. No patamar, a srta. Gamelon começou a chorar e por um momento escondeu o rosto no ombro da srta. Goering. Ela a abraçou apertadamente e implorou que não chorasse. Depois deu um beijo de boa-noite em Arnold e na srta. Gamelon. Chegando ao seu quarto, ela foi dominada pelo medo por alguns momentos, depois caiu num sono profundo.

✷

Pelas cinco e meia da tarde seguinte, a srta. Goering anunciou sua intenção de voltar ao continente naquela noite. A srta. Gamelon estava de pé cerzindo uma das meias de Arnold. Estava vestida de modo mais coquete do que de costume, com um babado no decote do vestido junto ao pescoço e uma quantidade maior de ruge nas faces. O velho estava numa poltrona, num canto, lendo poesias de Longfellow, às vezes em voz alta, às vezes baixinho. Arnold ainda estava vestido do mesmo jeito que na noite anterior, à exceção de um suéter que pusera por cima do casaco do pijama. Havia uma grande mancha de café na frente do suéter, e as cinzas do cigarro se espalhavam no seu peito. Ele estava deitado no sofá, meio adormecido.

– Você vai voltar lá sobre o meu cadáver – disse a srta. Gamelon. – Olhe, por favor, Christina, tenha juízo e vamos todos passar uma noite agradável juntos.

A srta. Goering suspirou:

— Bem, você e Arnold podem ter uma noite perfeitamente agradável juntos, sem mim. Sinto muito. Eu adoraria ficar, mas realmente sinto que devo ir.

— Você me deixa louca com essa sua fala misteriosa — disse a srta. Gamelon. — Se ao menos algum membro de sua família estivesse aqui! Por que não telefona e chama um táxi — disse, esperançosa — e vai à cidade? Podemos comer comida chinesa, e ir ao teatro depois, ou a um cinema se você ainda estiver nessa sua disposição de avarenta.

— Por que você e Arnold não vão à cidade, comer comida chinesa e depois pegar um teatro? Terei prazer em ajudar, pois são meus hóspedes, mas receio não poder ir junto.

Arnold estava mais aborrecido ainda, vendo a facilidade com que ela dispunha da vida dele, e o seu jeito também lhe dava uma forte sensação de inferioridade.

— Lamento, Christina — disse do seu sofá —, mas não pretendo comer comida chinesa. Planejei dar um pulinho à parte do continente que fica diante deste extremo da ilha, e nada vai me impedir. Queria que viesse comigo, Lucy, não vejo por que não vamos todos juntos. Não faz sentido Christina transformar esse passeio ao continente numa aventura mórbida. Na verdade não tem nada de mais.

— Arnold! — gritou a srta. Gamelon. — Você também está ficando maluco, e se acha que vou me meter nessa loucura de andar de trem, e de balsa, só para enfiar o nariz nalguma ratoeirazinha, está duplamente doido. Ouvi dizer que é uma cidade da pesada, e ainda por cima feia, e sem nenhum interesse.

— Mesmo assim — disse Arnold, sentando-se e pondo os pés no chão — vou lá esta noite.

— Nesse caso — disse o pai de Arnold —, eu também vou.

No fundo a srta. Goering estava encantada por eles irem também, e não tinha coragem de os impedir, embora achando que isso seria o correto. Se a acompanhassem, seus passeios ficariam relativamente despidos de valor moral, mas estava tão deliciada que se convenceu de que permitiria só essa vez.

161

– Seria melhor você vir também, Lucy – disse Arnold –, de outro modo vai ficar inteiramente só aqui.

– Está tudo bem, meu caro – disse Lucy. – No fim, serei a única a escapar ilesa. E talvez seja delicioso ficar livre de vocês aqui.

O pai de Arnold fez um ruído insultuoso com a boca, e a srta. Gamelon saiu do quarto.

Desta vez o trenzinho estava repleto de gente, e havia meninos andando de um lado para outro no corredor vendendo balas e frutas. Estivera estranhamente quente todo o dia, e caíra uma chuva de pouca duração, uma dessas chuvaradas frequentes no verão mas raras no outono.

O sol estava-se pondo, e a chuva deixara, ao cessar, um lindo arco-íris, só visível para as pessoas sentadas do lado esquerdo do trem. Contudo, a maioria dos passageiros sentados do lado direito agora se debruçavam sobre os mais afortunados e conseguiam uma visão bastante boa do arco-íris.

Muitas das mulheres diziam alto às amigas as cores que conseguiam distinguir. Todos no trem pareciam gostar daquilo, menos Arnold, que, agora que se impusera, sentia-se terrivelmente deprimido, como resultado, em parte, de ter de sair de seu sofá e considerar a possibilidade de uma noite tediosa, em parte porque duvidava muito de conseguir ajeitar tudo com Lucy Gamelon. Estava certo de que ela era o tipo de pessoa que podia ficar zangada semanas a fio.

– Ah, acho isso terrivelmente divertido – disse a srta. Goering. – Esse arco-íris, e esse pôr do sol e todas essas pessoas falando feito pegas. Não acha divertido? – perguntou a srta. Goering ao pai de Arnold.

– Ah, sim – disse ele. – É um verdadeiro tapete mágico.

A srta. Goering examinou o rosto dele porque achou a voz um pouco triste. Na verdade ele parecia um pouco inseguro. Ficava olhando em torno, para os passageiros, e ajeitava a gravata.

Finalmente saíram do trem e entraram na balsa. Todos ficaram parados juntos na proa, como a srta. Goering fizera na noite anterior. Desta vez, quando a balsa atracou, a srta. Goering ergueu os olhos e não viu ninguém descendo a colina.

— Habitualmente — disse-lhes, esquecendo que fizera a viagem só uma vez –, esta colina está apinhada de gente. Não posso imaginar o que lhes aconteceu esta noite.

— É uma colina íngreme. — Disse o pai de Arnold. — Não há jeito de ir à cidade sem subir por ela?

— Não sei — disse a srta. Goering. Olhou para ele, e notou que as mangas dele eram compridas demais. Na verdade, seu sobretudo era grande demais.

Se não havia ninguém na colina indo ou vindo da balsa, a rua principal estava cheia de gente. O cinema todo iluminado, e uma longa fila na frente do guichê. Via-se que tinha ocorrido um incêndio porque havia três carros vermelhos parados de um lado da rua, poucas quadras além do cinema. A srta. Goering achou que não fora grave, porque não via sinais de fumaça nem casas calcinadas. Mas os carros aumentavam a alegria da rua, pois havia ao redor deles muitos jovens fazendo piadas com os bombeiros que estavam nos caminhões. Arnold andava a passo enérgico, examinando cuidadosamente tudo na rua, e fingindo estar muito entretido na observação da cidade.

— Entendo o que você quis dizer — comentou ele com a srta. Goering. — É magnífico.

— O que é magnífico? — perguntou a srta. Goering.

— Tudo isso. — De repente, Arnold parou, imóvel. — Oh, veja, Christina, que linda vista! — Ele os fizera parar na frente de um grande terreno baldio entre dois edifícios. O terreno baldio fora convertido numa cancha de basquete novinha. A quadra estava elegantemente recoberta de asfalto cinza, e bem iluminada por quatro lâmpadas gigantescas focadas sobre os jogadores e a cesta. Havia um guichê de um lado da cancha, onde os participantes compravam seu direito de jogar durante uma hora. A maioria dos jogadores eram menininhos. Havia vários homens de uniforme, e Arnold achou que trabalhavam para cuidar do local e participavam quando não havia número suficiente de pessoas comprando bilhetes para formar dois times completos. Arnold corou de alegria.

— Olhe, Christina — disse ele —, vá andando enquanto eu tento minha sorte nisso aí; mais tarde vou apanhar você e papai.

Ela indicou o bar para ele, mas teve a sensação de que Arnold não dava muita atenção ao que ela dizia. Ficou parada por um momento com o pai de Arnold, viram-no correr para o guichê e rapidamente enfiar seu troco pela janelinha. Em seguida ele estava na cancha correndo por ali, com seu sobretudo, e saltando no ar de braços abertos. Um dos homens de uniforme saíra depressa do jogo a fim de ceder lugar a Arnold. Mas agora tentava desesperadamente atrair sua atenção, porque Arnold tivera tanta pressa no guichê que o funcionário não tivera tempo de lhe dar a braçadeira colorida com a qual os jogadores conseguiam distinguir os membros de seu próprio time.

— Eu acho — disse a srta. Goering — que era melhor irmos andando. Imagino que Arnold virá logo.

Foram descendo pela rua. O pai de Arnold hesitou um momento diante da porta do bar.

— Que tipo de homens vêm aqui? — perguntou.

— Ah — disse Goering —, todo tipo, eu acho. Ricos e pobres, operários e banqueiros, criminosos e anões.

— Anões — repetiu o pai de Arnold, pouco à vontade.

No minuto em que entraram a srta. Goering avistou Andy. Ele estava bebendo no outro extremo do bar, com seu chapéu puxado sobre um olho. A srta. Goering instalou rapidamente o pai de Arnold numa das divisões.

— Tire seu casaco — disse ela — e encomende uma bebida daquele homem ali, atrás do bar.

Foi até Andy e estendeu a mão para ele. Ele parecia muito mau e perverso.

— Olá — disse ele. — Resolveu voltar ao continente?

— Bem, claro — disse a srta. Goering. — Eu lhe disse que viria.

— Bom — disse Andy —, aprendi no curso dos anos que isso não quer dizer nada.

A srta. Goering ficou um pouco embaraçada. Pararam-se lado a lado algum tempo, sem falar.

— Sinto muito — disse Andy —, mas não tenho sugestão para lhe dar para esta noite. Há só um cinema na cidade, e esta noite estão passando um filme péssimo. — Pediu outra bebida, e tomou tudo num gole. Depois virou lentamente o botão do rádio até encontrar um tango.

— Quer dançar comigo? — perguntou, e parecia um pouco mais contente.

A srta. Goering baixou a cabeça, concordando.

Ele a apertou tanto que a deixou numa posição desconfortável e desajeitada. Dançando levou-a um canto afastado da sala.

— Então — disse —, vai tentar me fazer feliz? Não tenho tempo a perder. — Então afastou-a, e parou-se muito ereto, encarando-a, braços pendentes aos lados do corpo.

— Por favor, dê uns passos para trás — disse. — Olhe bem para o seu homem, e diga se o quer.

A srta. Goering não viu como responder nada além de sim. Ele estava de cabeça inclinada para um lado, com o ar de quem faz força para não piscar quando lhe tiram retrato.

— Muito bem — disse a srta. Goering —, quero que você seja o meu homem. — E sorriu ternamente para ele, mas não refletia muito no que tinha dito.

Ele lhe estendeu os braços, e continuaram a dançar. Andy olhava por cima da cabeça dela, com ar orgulhoso e um levíssimo sorriso. Quando acabaram de dançar, a srta. Goering recordou, com um choque, que o pai de Arnold estivera todo o tempo sentado sozinho no seu nicho. Sentiu isso duplamente, porque ele parecia tão mais triste e mais velho desde que tinham entrado no trem, e quase nem se parecia mais com aquele homem maroto e excêntrico que fora por alguns dias na casa da ilha, ou com o cavalheiro fanático que encontrara a srta. Goering naquela primeira noite.

— Meu Deus, preciso lhe apresentar o pai de Arnold — disse ela a Andy. — Venha por aqui comigo.

E sentiu ainda mais remorso quando chegou lá, porque o pai de Arnold estivera sentado ali todo o tempo sem pedir uma bebida.

— O que foi? — perguntou a srta. Goering, a voz erguendo-se como a de uma mãe preocupada. — Por que não pediu uma bebida?

O pai de Arnold olhou em torno, furtivamente.

— Não sei — disse. — Não senti vontade.

Ela apresentou os dois homens um ao outro, e todos se sentaram juntos. O pai de Arnold perguntou muito educadamente a Andy se morava naquela cidade e em que trabalhava. Durante sua conversa os dois descobriram não apenas que tinham nascido na mesma cidade, mas que, apesar da diferença de idade, também tinham vivido lá uma vez ao mesmo tempo, sem jamais se encontrarem. Andy, diferente da maioria das pessoas, não pareceu muito animado quando descobriram esse fato.

— Sim — respondeu tristemente quando o pai de Arnold perguntou —, morei lá em 1920.

— Então — disse o pai de Arnold sentando-se mais ereto —, certamente conheceu bem os McLean. Viviam na colina. Tinham sete crianças, cinco meninas e dois meninos. Todos, você deve lembrar, tinham um incrível cabelo vermelho-claro.

— Não os conheci — disse Andy, quieto, o rosto começando a ficar vermelho.

— Muito esquisito — disse o pai de Arnold. — Então deve ter conhecido Vincent Connely, Peter Jacketson e Robert Bull.

— Não — respondeu Andy —, não conheci. — Seu bom humor parecia ter sumido totalmente.

— Eles controlavam a maior parte dos negócios da cidade — disse o pai de Arnold. Estudava cuidadosamente o rosto de Andy.

Este balançou mais uma vez a cabeça e olhou para a distância.

— Riddleton? — perguntou-lhe abruptamente o pai de Arnold.

— O quê? — disse Andy.

— Riddleton, presidente do banco.

— Bem, não diretamente — disse Andy.

O pai de Arnold recostou-se para trás e suspirou.

— Onde é que você morava? — perguntou por fim.

— Eu morava no fim da Parliament Street e Byrd Avenue — disse Andy.

— Era um lugar horroroso antes de começarem a abrir tudo, não era? — disse o pai de Arnold, e seus olhos encheram-se de lembranças.

Andy empurrou a mesa para um lado, com dureza, e foi depressa até o bar.

— Ele não conhecia nenhuma pessoa decente em toda aquela cidade — disse o pai de Arnold. — Parliament e Byrd era o setor...

— Por favor — disse a srta. Goering. — Veja, você o insultou. Que vergonha; porque nenhum de vocês dois liga para esse tipo de coisa! Que diabinho perverso entrou em vocês?

— Acho que ele não é muito educado e evidentemente não é o tipo de homem com quem eu esperava que você se ligasse.

A srta. Goering ficou um pouco aborrecida com o pai de Arnold, mas em vez de dizer qualquer coisa foi até Andy e consolou-o.

— Por favor, não ligue para ele — disse. — É realmente um velhinho encantador, e bem poético. Só que passou por algumas mudanças radicais em sua vida, todas nos últimos dias, e acho que agora está tenso.

— Poético, *ele*? — disse-lhe Andy furioso. — É um velho macaco enfatuado. É isso. — Andy estava mesmo muito zangado.

— Não — disse a srta. Goering. — Não é um velho macaco enfatuado.

Andy terminou seu drinque e caminhou com ar superior até o pai de Arnold, mãos nos bolsos.

— Você é um velho macaco enfatuado! — disse-lhe. — Um velho macaco enfatuado e imprestável!

O pai de Arnold escorregou do assento com olhos baixos e caminhou até a porta.

A srta. Goering, que ouvira o comentário de Andy, correu atrás dele mas sussurrou para Andy, ao passar por ele, que voltava já.

Quando estavam lá fora encostaram-se juntos num poste de luz. A srta. Goering viu que o pai de Arnold tremia.

— Nunca na minha vida fui tratado com tanta grosseria — disse ele. — Aquele homem é pior do que um vagabundo de sarjetas.

— Bom, eu se fosse você não ia me importar com isso — disse a srta. Goering —, ele só tem um temperamento ruim.

— Temperamento ruim? — disse o pai de Arnold. — Ele é o tipo do brutamontes malvestido cada vez mais comum no mundo hoje em dia.

— Ora, vamos — disse a srta. Goering —, não é nada disso.

O pai de Arnold encarou a srta. Goering. O rosto dela estava encantador naquela noite, e ele suspirou com pesar.

— Acho que você está profundamente decepcionada comigo, na sua maneira particular, e que consegue ter respeito em seu coração por ele, sem poder sentir o mesmo por mim. A natureza humana é misteriosa e muito bela, mas lembre-se de que há certos sinais infalíveis que eu, sendo mais velho, aprendi a reconhecer. Eu não confiaria demais naquele homem. Adoro você, meu bem, com todo o coração, sabe disso.

A srta. Goering ficou parada em silêncio.

— Você é muito importante para mim — disse ele depois de algum tempo, apertando a mão dela.

— Bem — disse ela —, você quer voltar ao bar ou acha que basta?

— Seria literalmente impossível eu voltar para aquele bar, mesmo que tivesse o mais remoto desejo disso. Acho que é melhor eu seguir sozinho. Você não virá comigo, meu bem, não é?

— Sinto muito — disse a srta. Goering —, mas infelizmente eu tinha um encontro; era um compromisso já marcado. Você gostaria que eu andasse até a cancha de basquete? Quem sabe Arnold agora já se cansou do jogo. Se não, você pode facilmente sentar e olhar o jogo um pouco.

— Sim, seria bondade sua — disse o pai de Arnold, com uma voz tão triste que quase partiu o coração da srta. Goering.

Logo chegaram à cancha de basquete. As coisas tinham mudado um pouco. A maior parte dos menininhos saíra do jogo, e muitos rapazes e moças tinham assumido o lugar dos meninos e dos guardas. As mulheres riam alto, e um grupo bastante grande se reunira para observar os jogadores. Depois que a srta. Goering e o pai de Arnold estavam parados ali algum tempo, viram que era o próprio Arnold o motivo da maior parte daquela hilaridade. Ele tirara seu casaco e suéter, e para surpresa deles viram que ainda usava o casaco do pijama. Puxara-o para fora das calças para parecer ainda mais ridículo. Viram-no correr pela cancha com a bola nos braços, rugindo como um leão. Quando chegava a uma posição estratégica, porém, em vez de passar a bola para outro membro de seu time, ele apenas a deixava cair no chão entre seus pés e começava a enfiar a cabeça no ventre de um de seus adversários como uma cabra. A multidão ria alto. Os guardas de uniforme estavam encantados porque era uma interrupção agradável e inesperada na rotina da noite. Todos estavam parados em fila, com amplos sorrisos na cara.

– Vou tentar encontrar uma cadeira para você – disse a srta. Goering. Voltou logo depois e levou o pai de Arnold a uma cadeira dobrável que um dos guardas arranjara solícito, logo fora do guichê. O pai de Arnold sentou-se e bocejou.

– Até logo – disse a srta. Goering. – Até logo, querido, espere aqui até Arnold acabar o jogo.

– Mas espere um momento – disse o pai de Arnold. – Quando volta para a ilha?

– Talvez eu não volte – disse ela. – Talvez eu não volte logo, mas vou tratar de fazer com que a srta. Gamelon receba dinheiro suficiente para cuidar da casa e da comida.

– Mas eu preciso ver você. Este não é um jeito muito humano de se despedir.

– Bem, venha aqui por um minuto – disse a srta. Goering, pegando a mão dele e puxando-o com dificuldade entre a multidão até a calçada.

O pai de Arnold repetiu que nem por um milhão de dólares voltaria para o bar.

– Não vou levar você para o bar, não seja bobo – disse ela. – Olhe, está vendo aquela sorveteria do outro lado da rua? – Ela apontou a lojinha branca quase em frente deles. – Se eu não voltar, o que é bem provável, pode me encontrar ali domingo de manhã? Será dentro de oito dias, às onze da manhã.

– Estarei lá em oito dias – disse o pai de Arnold.

★

Quando ela voltou com Andy ao apartamento dele naquela noite, notou que havia três rosas de caule longo na mesa perto do sofá.

— Ora, que flores lindas — exclamou. — Isso me lembra que minha mãe teve um dia o jardim mais bonito em muitos quilômetros. E ganhou muitos prêmios com suas rosas.

— Bem — disse Andy —, na minha família ninguém jamais ganhou prêmios com rosas, mas eu comprei estas para você, caso viesse.

— Estou muito comovida — disse a srta. Goering.

★

Fazia oito dias que a srta. Goering vivia com Andy. Ele ainda estava muito nervoso e tenso, mas parecia de modo geral bem mais otimista. Para surpresa da srta. Goering, começara no segundo dia a falar das possibilidades de negócios na cidade. Surpreendeu-a muito, sabendo nomes das famílias principais da comunidade, e mais ainda estando familiarizado com certos detalhes sobre suas vidas pessoais. Na noite de sábado anunciou à srta. Goering sua intenção de ter uma reunião de negócios na manhã seguinte com o sr. Bellamy, o sr. Schlaegel, o sr. Dockerty. Esses homens controlavam a maior parte do negócio imobiliário, não apenas na cidade mas em várias cidades vizinhas. Além desses imóveis eles também tinham várias fazendas ao redor. Ele estava terrivelmente excitado quando lhe falou de seus planos, que eram principalmente vender as casas que tinha na cidade, pelos quais já lhe tinham oferecido uma pequena quantia, e comprar parte nos negócios desses homens.

— São os três homens mais espertos da cidade — disse ele —, mas não são gângsteres. Vêm das melhores famílias aqui, e acho que para você também seria bom.

— Esse tipo de coisa não me interessa um pingo — disse a srta. Goering.

– Bem, claro, eu nem esperaria que interessasse a você ou a mim – disse Andy –, mas você tem de admitir que estamos vivendo no mundo, a não ser que queiramos nos portar como crianças amalucadas, ou lunáticos fugidos do hospício, ou coisa assim.

Há vários dias era bem claro para a srta. Goering que Andy já não se considerava um vagabundo. Isso a teria alegrado muito caso ela estivesse interessada em reformar seus amigos, mas infelizmente estava unicamente interessada no rumo que seguia para obter sua própria salvação. Gostava de Andy, mas nas duas últimas noites sentira necessidade de deixá-lo. Isso também se devia ao fato de que o bar estava sendo frequentado por uma pessoa muito estranha.

O novato era de proporções quase paquidérmicas, e nas duas vezes em que o vira ele estivera usando um incrível sobretudo preto muito bem feito, obviamente de tecido muito caro. Ela vira o rosto dele só rapidamente uma ou duas vezes, mas o que vira a assustara tanto que não conseguia pensar em praticamente outra coisa há dois dias.

Tinha notado que o homem chegava ao bar num belíssimo automóvel grande, que parecia mais um carro fúnebre do que um carro particular. A srta. Goering o examinara um dia quando o homem bebia no bar, e achou-o quase novo. Ela e Andy tinham espiado pela vidraça, vendo com surpresa algumas roupas sujas no chão. A srta. Goering agora estava muito preocupada com o que fazer para que o novato a quisesse como amante por algum tempo. Estava quase certa de que ele quereria isso, porque várias vezes o apanhara olhando em sua direção de um modo que já sabia reconhecer. Sua única esperança era que sumisse antes de lhe dar uma chance de interpelá-lo. Se ele fizesse isso, estaria salva e capaz de passar mais algum tempo com Andy, que agora parecia tão desprovido de qualquer traço sinistro que até brigava com ele por ninharias, como com um irmão menor.

No domingo de manhã, a srta. Goering acordou e viu Andy em mangas de camisa, tirando o pó de algumas mesinhas na sala.

– Que foi? – perguntou ela. – Por que está lidando por aí como uma noiva?

– Você esqueceu? – perguntou ele, e parecia magoado. Hoje é o grande dia... o dia da reunião. Os três vêm cedo. Moram como reis, esses homens de negócios. – E indagou: – Você não podia dar um jeito para essa sala ficar mais bonita? Sabe, todos têm esposas, e mesmo que nem saibam os objetos que há nas suas salas, as mulheres deles têm muito dinheiro, e com certeza estão acostumados a toda a sorte de complicação ao seu redor.

– Bom, Andy, esta sala é tão pavorosa que não vejo como a melhorar.

– Sim, acho que é uma sala péssima. Nunca notei isso antes.
– Andy vestiu terno azul-marinho, e penteou cuidadosamente o cabelo, esfregando um pouco de brilhantina. Depois ficou andando pela sala, mãos nos bolsos. O sol se derramava pela janela, e o radiador assobiava de modo irritante, superaquecendo a sala como sempre, desde a chegada da srta. Goering.

O sr. Bellamy, o sr. Schlaegel e o sr. Dockerty tinham recebido o bilhete de Andy, e estavam subindo a escada, para um encontro que aceitavam mais por curiosidade e por um velho hábito de não deixar escapar nada do que por acreditarem realmente que sua visita seria lucrativa. Quando sentiram o horrível fedor de comida barata sendo cozida, taparam a boca para não rirem alto demais, e fizeram uma pequena pantomima de retirada para a escada outra vez. Na verdade porém não se importavam muito, porque era domingo e preferiam estar juntos a terem de ficar com suas famílias, de modo que bateram à porta de Andy. Este esfregou rapidamente as mãos, porque estavam suadas, e correu a abrir a porta. Parou-se na soleira e apertou vigorosamente a mão de cada homem antes de os convidar a entrar.

– Eu sou Andrew McLane – disse-lhes –, e lamento não termos nos conhecido antes. – Fez com que entrassem na sala, e os três viram imediatamente que fazia um calor abominável lá dentro. O sr. Dockerty, o mais agressivo dos três, virou-se para Andy.

– Você se importa de abrir a janela, cara? – disse em voz alta. – Está fervendo aqui dentro.

– Ah – disse Andy, corando –, eu devia ter pensado nisso. – E foi abrir as janelas.

– Como é que aguenta isso, cara? – disse o sr. Dockerty.
– Está tentando transformar isto aqui numa chocadeira?

Os três ficaram parados num grupo perto do sofá, e pegaram charutos que examinaram e comentaram algum tempo.

– Dois de nós vão sentar no sofá, cara – disse o sr. Dockerty.
– E o sr. Schlaegel pode se sentar nessa poltroninha. E onde você vai sentar?

O sr. Dockerty decidira quase imediatamente que Andy era um imbecil completo, e estava tomando as rédeas nas mãos. Isso deixou Andy tão desconcertado que ele ficou em pé olhando os três sem dizer nada.

– Venha – disse o sr. Dockerty, trazendo uma cadeira de um canto do aposento e colocando-a perto do sofá –, venha sentar-se aqui.

Andy sentou-se, calado, e ficou brincando com os dedos.

– Diga – disse o sr. Bellamy, de fala um pouco mais branda e gentil do que os outros dois. – Diga-me, há quanto tempo mora aqui?

– Moro aqui há dois anos – disse Andy, sem maior entusiasmo.

Os três pensaram nisso algum tempo.

– Bom – disse o sr. Bellamy –, agora conte o que andou fazendo nesses três anos.

– Dois – disse Andy.

Andy preparara uma longa história para lhes contar, porque suspeitava de que lhe fariam algumas perguntas sobre sua vida pessoal, para terem certeza do tipo de homem com quem estavam lidando, e decidira que não seria sábio admitir que não fizera absolutamente nada nos dois últimos anos. Mas imaginara que o encontro seria todo numa base bem mais amigável. Pensara que os homens ficariam encantados encontrando alguém desejoso de meter um pouco de dinheiro no negócio deles, e ansiosíssimos por acreditar que ele era um cidadão honesto e trabalhador. Mas agora sentia que o estavam interrogando, e que o faziam de bobo. Quase não conseguia controlar o desejo de sair correndo da sala.

– Nada – disse ele, evitando seus olhares. – Nada.

— Sempre me surpreendo – disse o sr. Bellamy – ao ver como as pessoas conseguem ter tempo livre... quer dizer, têm mais lazer do que precisam. Quero lhe dizer que nosso negócio existe há trinta e dois anos. Não se passou um dia só sem que eu tivesse pelo menos treze ou catorze coisas a fazer. Pode parecer-lhe um pouco exagerado, ou talvez até muito exagerado, mas não é exagero, não, é verdade. Em primeiro lugar, eu cuido pessoalmente de cada casa em nossa lista. Confiro os canos e a drenagem e o resto. Vejo se a casa está ou não sendo cuidada adequadamente, e visito-a em todos os tipos de clima para ver como se porta numa tempestade ou granizo. Sei exatamente quanto carvão se requer para aquecer cada casa em nossa lista. Falo pessoalmente com nossos clientes, e tento influenciá-los no preço que pedem por sua casa, se estão tentando vender ou alugar. Por exemplo, se pedem um preço que sei ser alto demais no mercado, tento persuadi-los a baixar um pouco para ficar mais perto do padrão. Se, de outro lado, estão se iludindo, e eu sei...

Os outros dois estavam ficando meio entediados. Via-se logo que o sr. Bellamy era o menos importante dos três, embora provavelmente fosse o que executava todo aquele trabalho mais monótono. O sr. Schlaegel o interrompeu.

— Bem, meu rapaz – disse a Andy –, diga afinal o que deseja. Na sua carta afirmou ter algumas sugestões que julgava serem vantajosas para nós, bem como para você mesmo, naturalmente.

Andy levantou-se da cadeira. Era evidente para os homens, agora, que ele se encontrava sob uma tensão terrível, de modo que estavam duplamente em guarda.

— Por que não voltam outro dia? – disse Andy muito depressa. – Então terei pensado com mais clareza em tudo.

— Não se apresse, não se apresse; agora, cara – disse o sr. Dockerty. – Estamos todos reunidos, não há motivo para não falarmos sobre o caso agora mesmo. Sabe, não moramos realmente na cidade. Moramos a vinte minutos, em Fairview. Na verdade, nós criamos Fairview.

— Bem – disse Andy, voltando a sentar-se na beira de sua cadeira –, eu também tenho uma pequena propriedade.

– E onde fica? – disse o sr. Dockerty.
– É uma casa na cidade, lá embaixo, perto das docas. – Ele deu ao sr. Dockerty o nome da rua, depois ficou sentado mordendo os lábios. O sr. Dockerty não disse nada.
– Sabe – continuou Andy –, achei que eu podia passar meus direitos sobre essa casa para a empresa em troca de parte nos seus negócios – pelo menos um direito de trabalhar para a firma e ter porcentagem nas minhas vendas. Eu não precisaria ter direitos iguais com vocês imediatamente, claro, mas pensei que mais tarde poderíamos discutir esses detalhes, se estivessem interessados.
O sr. Dockerty fechou os olhos, depois de algum tempo dirigiu-se ao sr. Schlaegel.
– Conheço a rua de que ele está falando – disse. O sr. Schlaegel sacudiu a cabeça e fez uma careta. Andy olhou seus sapatos.
– Por longo tempo – disse o sr. Dockerty, ainda falando com o sr. Schlaegel –, por longo tempo as casas nesse distrito foram um encalhe no mercado. Mesmo como cortiços são bem ruinzinhas, e o lucro que cada uma dá mal basta para a manter. Você lembra, Schlaegel, é porque não há meios de transporte para nenhuma distância conveniente, e é rodeado por mercados de peixe.
– Além disso – prosseguiu o sr. Dockerty virando-se para Andy –, nós temos em nosso regulamento uma cláusula que proíbe que se admitam mais homens, exceto por uma base estritamente salarial, e, meu amigo, há uma lista do comprimento de meu braço esperando um emprego em nossos escritórios, caso haja vaga. Estão loucos por qualquer emprego que lhes possamos oferecer. Também alguns rapazes ótimos, a maioria recém-saída do colégio, doidos para trabalharem e aplicarem cada truque moderno de venda que aprenderam. Conheço algumas das famílias deles pessoalmente, e lamento não poder ajudar mais esses rapazes.
Nesse momento a srta. Goering entrou correndo.
– Estou uma hora ou duas atrasada para o encontro com o pai de Arnold – gritou sobre o ombro enquanto ia para a porta.
– Vejo você mais tarde.
Andy se levantara e olhava a janela, de costas para os três homens. Suas omoplatas tremiam.

— Era sua esposa? — perguntou o sr. Dockerty.

Andy não respondeu, mas em alguns segundos o sr. Dockerty repetiu a pergunta, especialmente porque suspeitava de que não fosse a esposa de Andy, e estava ansioso por saber se adivinhara certo ou não. Deu um pequeno pontapé do sr. Schlaegel, e piscaram um para o outro.

— Não — disse Andy virando-se e expondo seu rosto em fogo —, não, ela não é minha esposa. É minha namorada. Está morando aqui comigo há quase uma semana. Alguma outra coisa que vocês queiram saber?

— Olhe aqui, cara — disse o sr. Dockerty —, não há motivo para ficar nervoso. Ela é uma mulher muito bonita, muito bonita, e se você estiver aborrecido com nossa conversinha de negócios, não há motivo para isso também. Explicamos tudo bem claramente para você, como três camaradas. — Andy olhou pela janela.

— Sabe — disse o sr. Dockerty —, há outros empregos que pode pegar e que combinarão muito melhor com você e seu ambiente, e afinal poderão lhe trazer muito mais alegria. Pergunte à sua namorada se não é assim. — Andy ainda não respondeu nada.

— Há outros empregos — arriscou o sr. Dockerty outra vez, mas como ainda não houvesse resposta de Andy, ele deu de ombros, ergueu-se com dificuldade do sofá, ajeitando o colete e o casaco. Os outros o imitaram. Depois os três despediram-se polidamente às costas de Andy, e saíram.

★

O pai de Arnold estava sentado na sorveteria havia uma hora e meia quando por fim a srta. Goering entrou correndo. Parecia totalmente perdido. Não lhe ocorrera comprar uma revista para ler, e não havia ninguém a quem olhar na sorveteria, porque ainda era de manhã, e as pessoas raramente entravam ali antes da tarde.

— Ah, meu querido, nem posso lhe dizer quanto lamento — disse a srta. Goering pegando as duas mãos dele, e levando-as aos lábios. Ele usava luvas de lã. — Não imagina quanto essas luvas me lembram minha infância — continuou a srta. Goering.

– Passei frio nesses últimos dias – disse o pai de Arnold, de modo que a srta. Gamelon foi à cidade e me comprou as luvas.

– Bem, e como vão as coisas?

– Daqui a pouco eu lhe conto tudo – disse o pai de Arnold –, mas queria saber se você está bem, minha querida, e se não pretende voltar para a ilha.

– Eu... acho que não – disse a srta. Goering –, não tão cedo.

– Bem, preciso lhe falar das muitas mudanças que aconteceram em nossas vidas, e espero que não as considere demasiado drásticas ou repentinas, nem revolucionárias, ou seja lá o que for.

A srta. Goering deu um sorriso débil.

– Sabe – continuou ele –, ficou cada vez mais frio na casa nos últimos dias, a srta. Gamelon andou fungando terrivelmente, na verdade, e, como você sabe, tem passado muito trabalho com aquele velho equipamento de cozinha, desde o começo. Arnold nunca se importa com nada desde que tenha bastante para comer, mas ultimamente a srta. Gamelon se recusa a entrar na cozinha.

– Mas, e qual foi o resultado de tudo isso? Por favor, me conte depressa – insistiu a srta. Goering.

– Não posso falar mais depressa do que isto – disse o pai de Arnold. – Bem, no outro dia Adele Wyman, uma antiga colega de escola de Arnold, encontrou-o na cidade e tomaram uma xícara de café juntos. Durante a conversa, Adele comentou que estava morando numa casa para duas famílias na ilha, e que gostava de lá, mas estava preocupadíssima pensando em quem iria se mudar para a outra metade.

– Bem, então quer que eu adivinhe quem quis se mudar para essa casa e está vivendo lá?

– Mudaram-se para a casa até você voltar – disse o pai de Arnold. – Por sorte parece que você não tinha contrato pela primeira casinha; por isso, como fosse fim do mês, sentiram-se livres para sair dela. A srta. Gamelon quer saber se você vai mandar os cheques de aluguel para a nova casa. Arnold ofereceu-se para pagar a diferença de aluguel, que é bem pequena.

– Não, não, não é preciso. Há mais alguma novidade? – disse a srta. Goering.

– Bem, talvez se interesse em saber que resolvi voltar para minha mulher e minha casa de verdade – disse o pai de Arnold.
– Por quê? – indagou a srta. Goering.
– Uma combinação de fatores, incluindo que eu sou velho e tenho vontade de ir para a minha casa.
– Ah, meu Deus – disse a srta. Goering –, é uma vergonha as coisas se desmanchando desse jeito, não é?
– Sim, meu bem, é pena. Mas eu vim para pedir mais um favor, além deste de vir me ver porque eu a amava e queria me despedir.
– Faço qualquer coisa por você – disse a srta. Goering. – Tudo o que for possível.
– Bom – disse o pai de Arnold –, queria que desse uma lida nesse bilhete que escrevi para minha mulher. Vou mandar para ela, e no dia seguinte volto para casa.
– Claro – disse a srta. Goering, e então notou um envelope sobre a mesa, diante do pai de Arnold. Pegou-o.

"Querida Ethel (leu ela).
Espero que leia esta carta com toda a indulgência e bondade que são tão intensas em você.
Posso apenas dizer que, na vida de todo homem, há um forte impulso de largar um pouco sua vida e procurar outra. Se mora perto do mar, terá um impulso intenso de pegar o primeiro navio e partir, não importa quanto seja feliz no seu lar, e quanto ame sua mulher ou mãe. E se morar perto de uma estrada, poderá sentir um forte impulso de jogar a mochila nas costas e sair andando, deixando atrás um lar feliz. Muito poucas pessoas seguem esse impulso, se não o fizeram na juventude. Mas penso que às vezes a cidade afeta a gente como a juventude, como champanha forte que nos sobe à cabeça, e ousamos o que nunca tínhamos ousado antes, talvez também por sentirmos que é nossa chance derradeira. Contudo, se na juventude podemos prolongar essa aventura, na minha idade bem depressa descobrimos

que é apenas uma quimera, e que não temos forças. Você me aceita de volta?

> Seu marido que a ama,
> Edgar."

– É simples – disse o pai de Arnold –, e exprime o que eu sentia.
– É realmente assim que você se sentia? – perguntou a srta. Goering.
– Acho que sim – disse o pai de Arnold. – Devo ter sentido. Naturalmente não lhe falei nada sobre meus sentimentos em relação a você, mas ela deve ter adivinhado, e essas coisas é melhor não se dizer...

Ela baixou os olhos para suas luvas de lã e por algum tempo não disse nada. De repente meteu a mão no bolso e tirou outra carta.

– Desculpe – disse ele –, quase esqueci. Uma carta de Arnold,
– Ora – disse a srta. Goering abrindo a carta –, sobre o que seria?
– Certamente sobre nada, e sobre a prostituta com quem está vivendo, o que é pior que nada. – A srta. Goering abriu a carta e começou a ler alto:

"Querida Christina,
Pedi a Papai que lhe explicasse os motivos de nossa recente mudança de domicílio. Espero que ele tenha feito isso e que você esteja satisfeita por não termos feito nada de maneira precipitada ou que você pudesse julgar falta de consideração. Lucy quer que você lhe mande seu cheque para o presente endereço. Papai ia lhe dizer isso, mas pensei que talvez ele esquecesse. Receio que Lucy tenha ficado muito perturbada com sua presente escapada. Está constantemente rabugenta ou melancólica. Eu esperava que esse estado melhorasse depois de nos mudarmos, mas ela ainda é sujeita a longos silêncios, e muitas vezes chora à noite, sem falar no fato de que é excessivamente irritadiça, e duas vezes

discutiu com Adele, embora só estejamos aqui há dois dias. Vejo em tudo isso que a natureza de Lucy é realmente de extrema delicadeza e morbidez, e sinto-me fascinado ao lado dela. Adele, de outro lado, tem uma natureza muito equilibrada, mas é terrivelmente intelectual, e muito interessada em todos os ramos da arte. Estamos pensando em fundar uma revista juntos, quando estivermos mais ou menos firmes. Ela é uma loura bonita.

Sinto muitíssima falta de você, querida, e quero que acredite, por favor, que se eu pudesse de alguma forma alcançar o que está dentro de mim, me livraria deste terrível casulo em que estou metido. Espero um dia conseguir isso, realmente. Sempre recordarei a história que você me contou em nosso primeiro encontro, em que senti haver escondido algum estranho significado, embora deva admitir que não poderia explicar qual é. Tenho de levar chá quente ao quarto de Bubbles agora. Por favor, por favor, acredite em mim.

Amor e beijos,
Arnold."

– Ele é um bom homem – disse a srta. Goering. Por algum motivo a carta de Arnold a deixara triste, enquanto a carta do pai a deixara aborrecida e perplexa.

– Bom – disse o pai de Arnold –, preciso ir agora, se quero pegar a próxima balsa.

– Espere – disse a srta. Goering –, eu o acompanho até o ancoradouro. – Então rapidamente desprendeu a rosa que estava na sua gola e prendeu-a na lapela do velho.

Quando chegaram às docas, o gongo estava soando, e a balsa pronta para deixar a ilha. A srta. Goering ficou aliviada vendo isso, pois temera uma longa cena sentimental.

– Bom, chegamos na horinha – disse o pai de Arnold, para adotar uma postura bem casual. Mas a srta. Goering viu lágrimas umedecendo seus olhos azuis... Quase não conseguia reter as próprias lágrimas, e desviou o olhar da balsa para a colina.

— Eu queria saber — disse o pai de Arnold — se você pode me emprestar cinquenta cents. Mandei todo o dinheiro para minha mulher, e não lembrei de emprestar o suficiente de Arnold esta manhã.

Ela lhe deu rapidamente um dólar, e beijaram-se em despedida. Enquanto a balsa partia, a srta. Goering ficou parada na doca acenando; ele lhe pedira esse favor.

Quando voltou ao apartamento, ela o encontrou vazio, de modo que resolveu ir ao bar beber, certa de que, se Andy já não estava lá, chegaria cedo ou tarde.

Estava bebendo lá algumas horas, e começava a escurecer. Andy ainda não chegara, e a srta. Goering sentiu certo alívio. Olhou sobre o ombro e viu o homem robusto, aquele do carro parecido com um carro funerário, entretanto pela porta. Teve um calafrio involuntário, e sorriu docemente para Frank, o homem do bar.

— Frank — disse ela —, você nunca tira folga?

— Não quero folga.

— Por que não?

— Porque quero dar duro agora e mais tarde fazer alguma coisa que valha a pena. Não me divirto muito com as coisas, mas com meus pensamentos.

— Eu detesto pensar em mim, Frank.

— Não, isso é bobagem — disse Frank.

O homem grandão de sobretudo acabara de trepar na banqueta e jogara uma moeda de cinquenta cents no bar. Frank lhe serviu sua bebida. Depois de beber ele virou-se para a srta. Goering.

— Você quer uma bebida? — perguntou.

Por mais que o temesse, a srta. Goering sentiu um frêmito especial por ele afinal lhe ter dirigido a palavra. Esperara isso por alguns dias e sentiu que não podia deixar de lhe dizer isso.

— Muito obrigada — disse, num modo tão insinuante que Frank, que não gostava de damas que falavam com estranhos, franziu a testa e foi até o outro canto do bar, onde começou a ler uma revista. — Muito obrigada, eu adoraria. Talvez lhe interesse saber que há algum tempo venho pensando que podíamos beber juntos, e não me surpreendi nada quando me convidou. Eu achava que ia acontecer nessa hora do dia também, quando não houvesse mais ninguém aqui. – O homem balançou a cabeça uma ou duas vezes.

– Bem, o que quer beber? – perguntou. A srta. Goering ficou bem desapontada por ele não ter respondido ao seu comentário.

Depois que Frank servira a bebida, o homem tirou o copo da frente dela.

– Vamos beber num nicho daqueles – disse.

A srta. Goering desceu da banqueta e seguiu-o até o nicho mais distante da porta.

– Bom – disse ele quando estavam sentados havia algum tempo –, você trabalha aqui?

– Onde? – perguntou a srta. Goering.

– Nesta cidade.

– Não – disse a srta. Goering.

– Bom, então trabalha noutra cidade?

– Eu não trabalho.

– Trabalha, sim. Não precisa me enganar, ninguém me engana.

– Não entendo.

– Você trabalha como prostituta, não é?

A srta. Goering riu.

– Santo Deus! – disse. – Nunca imaginei que tenho cara de prostituta só por causa do cabelo vermelho. Talvez pareça meio esquisita, ou uma doida fugida de hospício, mas prostituta, nunca!

– Não parece esquisita nem louca. Parece uma prostituta, e é isso que você é. Não digo uma prostituta de verdade, dessas bem ordinárias, mas mais ou menos.

– Bem, eu não tenho nada contra prostitutas, mas garanto que não sou.

– Não acredito.

– Mas como podemos ser amigos se você não acredita em nada do que eu digo?

O homem balançou a cabeça novamente.

– Não acredito quando diz que não é prostituta, porque sei que é.

– Tudo bem – disse a srta. Goering –, estou cansada de discutir.

– Ela notara que o rosto dele, diversamente de outros rostos, não parecia assumir mais vida quando ele conversava, e sentiu que seus pressentimentos sobre ele tinham sido justificados.

Agora ele esfregava o pé na perna dela. Ela tentou lhe sorrir, mas não conseguia.

– Vamos – disse –, Frank consegue ver o que você está fazendo, de onde está parado no bar, e eu me sentiria terrivelmente constrangida.

Ele pareceu ignorar completamente a observação, e continuou a pressionar a perna dela, mais forte ainda.

– Quer vir à minha casa comer um bife? – perguntou ele. – Vou jantar bife com cebolas e café. Você podia ficar alguns dias, se tudo desse certo, ou até mais. Aquela outra mocinha, Dorothy, foi embora há uma semana.

– Acho que seria muito bom – disse a srta. Goering.

– Bem – disse ele –, é quase uma hora de carro daqui. Tenho de encontrar uma pessoa na cidade, agora, mas volto em meia-hora; se quiser o bife, é melhor estar aqui também.

– Tudo bem, vou estar – disse a srta. Goering.

Não fazia nem cinco minutos que ele se fora quando Andy chegou. Tinha as mãos nos bolsos e a gola do casaco levantada. Olhava os pés.

"Meu Deus do Céu!" pensou a srta. Goering. "Tenho de lhe dar a notícia imediatamente, e há uma semana não o vejo tão deprimido."

– O que foi que lhe aconteceu? – perguntou.

– Estive num cinema, dando a mim mesmo uma aula de autocontrole.

– O que significa isso?

– Significa que eu estava perturbado, minha alma estava virada do avesso esta manhã, e eu só tinha duas opções: ou bebia, ou continuava bebendo, ou ia a um cinema. Escolhi a última.

– Mas você ainda está terrivelmente sombrio.

— Estou menos sombrio agora. Estou só mostrando os resultados de uma luta terrível que combati dentro de mim mesmo, e você sabe que o rosto da vitória muitas vezes se parece com o rosto da morte.

— A vitória passa tão depressa e não aparece muito, é sempre apenas rosto da derrota o que conseguimos ver — disse a srta. Goering. Não queria lhe dizer, na frente de Frank, que estava indo embora, porque tinha certeza de que Frank saberia aonde ela ia.

— Andy — disse —, você pode vir comigo do outro lado da rua, até a sorveteria? Há uma coisa que quero lhe falar.

— Tudo bem — disse Andy num tom mais natural do que a srta. Goering tinha esperado. — Mas quero voltar logo, para tomar uma bebida.

Atravessaram a rua até a pequena sorveteria e sentaram-se numa mesa, um em frente ao outro. Não havia ninguém na loja, exceto eles mesmos e o menino que atendia aos fregueses. Ele os cumprimentou acenando a cabeça, quando entraram.

— Voltou? — disse à srta. Goering. — Aquele velho esperou um bocado por você esta manhã.

— Sim — disse a srta. Goering —, foi um horror.

— Bem, você lhe deu uma flor quando foi embora. Ele deve ter ficado feliz com isso.

A srta. Goering não respondeu, porque tinha muito pouco tempo a perder.

— Andy — disse ela —, em alguns minutos vou para um lugar que fica a uma hora daqui e provavelmente vou estar algum tempo fora.

Andy pareceu entender a situação imediatamente. A srta. Goering recostou-se na cadeira e esperou enquanto ele apertava as palmas das mãos cada vez mais fortemente contra as têmporas.

Por fim ergueu os olhos para ela.

— Você — disse —, como ser humano decente que é, não pode fazer isso comigo.

— Bom, acho que posso sim, Andy. Preciso seguir a minha estrela, sabe.

— Mas você sabe como é belo e delicado o coração de um homem que é feliz pela primeira vez? É como o fino gelo que aprisionou aquelas lindas plantas tenras, que se libertam quando o gelo derrete.

— Você leu isso em algum poema — disse a srta. Goering.

— Isso torna a coisa menos bonita?

— Não — disse a srta. Goering. — Admito que é um belo pensamento.

— Não se atreva a arrancar a planta agora que conseguiu derreter o gelo.

— Ah, Andy — disse a srta. Goering —, você me faz sentir horrível! Estou apenas arquitetando uma coisa para mim mesma.

— Você não tem direito — disse Andy —, não está sozinha no mundo. Você se envolveu comigo! — Estava cada vez mais nervoso, talvez por perceber que não adiantava nada dizer qualquer coisa à srta. Goering.

— Vou me ajoelhar — disse Andy, brandindo o punho para ela. Assim que disse isso ele estava ajoelhado aos pés dela. O garçom ficou terrivelmente chocado, e sentiu que era melhor dizer alguma coisa.

— Olhe, Andy — disse ele numa voz bem humilde —, por que não se levanta daí e pensa bem no caso?

— Porque — disse Andy cada vez mais alto —, porque ela não se atreve a recusar um homem que está ajoelhado. Não se atreveria! Seria sacrilégio.

— Não vejo por quê — disse a srta. Goering.

— Se recusar — disse Andy — eu vou desgraçar a sua vida, você vai rastejar nas ruas, vou fazer você passar vergonha.

— Eu realmente não tenho senso de vergonha — disse a srta. Goering. — E acho que o seu próprio senso de vergonha é terrivelmente exagerado, além de ser um enorme prejuízo para suas energias. Agora tenho de ir. Levante-se por favor, Andy.

— Você é louca — disse Andy. — Louca e monstruosa... *de verdade*. Monstruosa. Está cometendo um ato monstruoso.

— Bem — disse a srta. Goering —, talvez minhas manobras lhe pareçam um pouquinho estranhas, mas há tempo venho pensando que muitas, muitas vezes, heróis que pensam ser monstruosos por estarem tão apartados dos outros homens olham em torno e veem atos realmente monstruosos sendo cometidos em nome de uma coisa medíocre.

– Lunática! – gritou Andy, ajoelhado. – Você nem é cristã.

A srta. Goering saiu rapidamente da sorveteria, depois de beijar Andy de leve na cabeça, porque percebeu que, se não o deixasse bem depressa, ia chegar tarde ao seu encontro. Na verdade pensara certo, porque seu amigo estava saindo do bar quando ela chegou.

– Você vem comigo? – perguntou ele. – Terminei um pouco mais cedo do que pensava e resolvi não ficar esperando porque achei que você não vinha.

– Mas eu aceitei seu convite – disse a srta. Goering. – Por que achou que eu não vinha?

– Não fique nervosa – disse o homem. – Venha, vamos entrar no carro.

Quando rodavam diante da sorveteria, saindo da cidade, a srta. Goering olhou pela janela para ver se avistava Andy. Para surpresa dela, viu a sorveteria cheia de gente, de modo que as pessoas transbordavam para a rua e lotavam a calçada, e não conseguiu ver o que realmente acontecia na loja.

O homem estava sentado na frente, com o motorista que não usava uniforme, e ela ficou sentada sozinha no assento de trás. Esse arranjo a surpreendera primeiro, mas agora estava contente. Compreendeu por que ele arranjara aquela maneira de sentar. Logo depois de saírem da cidade, ele se virou e disse:

– Agora vou dormir. Aqui fico mais confortável, porque não balança tanto. Se quiser pode conversar com o motorista.

– Não faço questão de falar com ninguém – disse a srta. Goering.

– Bem, então faça o que quiser – disse ele. – Não quero ser acordado enquanto aqueles bifes não estiverem sendo grelhados. – E baixou o chapéu sobre os olhos, e adormeceu.

Enquanto rodavam, a srta. Goering sentiu-se mais triste e sozinha do que jamais se sentira na vida. Sentia falta de Andy, e

Arnold, e da srta. Gamelon, e do velho, e logo começou a soluçar baixinho no fundo do carro. Só com tremendo esforço de vontade ela se controlou e não abriu a porta, saltando na estrada.

Passaram por várias cidadezinhas e por fim, quando a srta. Goering começava a cochilar, chegaram a uma cidade de tamanho médio.

– É esta a cidade para onde estávamos vindo – disse o motorista, presumindo que a srta. Goering tivesse observado a estrada com impaciência. Era uma cidade barulhenta, e havia muitos bondes indo em diferentes sentidos. A srta. Goering ficou espantada ao ver que o barulho não acordava seu amigo no assento da frente. Logo deixaram o centro da cidade, embora ainda estivessem na cidade propriamente dita ao pararem diante de um edifício de apartamentos. O motorista teve dificuldade em acordar o patrão, mas por fim conseguiu, berrando no ouvido do homem o endereço.

A srta. Goering estava esperando na calçada, parando-se num pé e noutro. Notou que havia um jardinzinho ao lado do edifício. Nele cresciam arbustos e sempre-vivas, todos pequenos, porque era evidente que o jardim e o edifício eram muito recentes. Um fio de arame farpado rodeava o jardim, e um cachorro tentava passar por baixo.

– Vou guardar o carro, Ben – disse o motorista.

Ben saiu do carro e empurrou a srta. Goering à sua frente para o saguão do edifício.

– Falso estilo espanhol – disse a srta. Goering, mais para si mesma do que para Ben.

– Não é falso espanhol, é espanhol, é espanhol mesmo – disse ele, carrancudo.

A srta. Goering riu um pouco:

– Acho que não – disse ela. – Já estive na Espanha.

– Não acredito – disse Ben. – De qualquer modo, é legítimo espanhol, cada polegada de tudo isso.

A srta. Goering olhou as paredes ao redor, feitas de estuque amarelo e enfeitadas com nichos e grupos de minúsculas colunas.

Entraram juntos num elevador bem pequeno, automático, e o coração da srta. Goering quase falhou. Seu companheiro apertou um botão mas o elevador continuou parado.

– Eu podia rebentar o cara que fez essa droga – disse ele, batendo com os pés no chão.

– Por favor – disse a srta. Goering –, por favor, me deixe sair.

Ele não lhe deu atenção mas pisou no assoalho mais forte ainda, e apertou o botão várias vezes, como se o medo na voz dela o tivesse deixado nervoso. Por fim o elevador começou a subir. A srta. Goering escondeu o rosto nas mãos. Chegaram ao segundo andar, onde o elevador parou, e saíram. Esperaram juntos diante de uma das três portas que davam para um vestíbulo estreito.

– Jim está com as chaves – disse Ben. Vai subir num minuto. Espero que compreenda que não vamos sair para dançar nem nada dessas besteiras. Não suporto o que as pessoas chamam de diversão.

– Ah, eu adoro tudo isso – disse a srta. Goering. – Fundamentalmente sou uma pessoa de coração alegre. Isto é, gosto de todas as coisas de que as pessoas alegres gostam.

Ben bocejou.

"Ele nunca vai me dar ouvidos", pensou a srta. Goering.

✷

O motorista voltou com as chaves e deixou-os entrar no apartamento. A sala era pequena e sem graça. Alguém deixara um imenso embrulho no meio do chão. Através de rasgões no papel, a srta. Goering pôde ver que o embrulho continha um belo acolchoado rosa. Sentiu-se um pouco mais animada vendo a colcha e perguntou a Ben se ele mesmo a escolhera. Sem responder, ele chamou o motorista que entrara na cozinha junto da sala. A porta entre os dois aposentos estava aberta, e a srta. Goering pôde ver o motorista parado junto da pia, de chapéu e casaco, desembrulhando lentamente os bifes.

– Eu lhe disse que eles telefonaram por causa dessa droga de cobertor – gritou Ben.

– Eu esqueci.

– Então leve consigo uma dessas agendas e de vez em quando tire do bolso. Pode comprar uma na esquina.

Ben jogou-se no sofá, perto da srta. Goering, que se sentara, e botou a mão no joelho dela.

– Por quê? Não quer a colcha agora que a comprou? – perguntou a srta. Goering.

– Não comprei. A moça que esteve comigo aqui semana passada comprou, para jogar por cima de nós na cama.

– E você não gosta da cor?

– Não gosto de muitas coisas extras jogadas por aí.

Ele ficou sentado alguns minutos, refletindo, e a srta. Goering, cujo coração começava a bater muito depressa cada vez que ele ficava calado, procurou em sua mente outra pergunta que pudesse fazer.

– Você não gosta de discussões? – disse-lhe.

– Você quer dizer, falar?

– Sim.

– Não, não gosto.

– Por que não?

– A gente diz coisas demais quando fala – respondeu ele, distraído.

– Bom, mas não está ansioso por descobrir o que há com as pessoas?

Ele balançou a cabeça:

– Não preciso descobrir nada sobre as pessoas, e, mais importante ainda, elas não precisam descobrir nada sobre mim – ele a encarava pelo canto do olho.

– Bem – disse ela um pouco ofegante –, mas deve haver alguma coisa de que você goste.

– Gosto muito de mulheres, e de ganhar dinheiro, se puder fazer isso depressa. – Sem aviso ele saltou de pé, e puxou a srta. Goering com ele, agarrando sua cintura de maneira bastante rude. – Enquanto ele termina os bifes, vamos até lá dentro um minuto.

– Oh, por favor – suplicou a srta. Goering –, estou tão cansada. Vamos descansar um pouco antes do jantar.

— Tudo bem – disse Ben. – Vou até meu quarto me esticar um pouco até que a carne esteja pronta. Gosto dos bifes bem passados.

Quando ele se foi, a srta. Goering sentou-se no sofá, torcendo os dedos suados. Estava dilacerada entre um desejo avassalador de correr para fora da sala, e uma nauseante compulsão de ficar onde estava.

"Espero", disse para si mesma, "que os bifes estejam prontos antes de eu ter chance de decidir."

Mas, quando o motorista acordou Ben para anunciar que os bifes estavam prontos, a srta. Goering resolvera que era absolutamente necessário ficar.

Sentaram-se juntos ao redor de uma mesinha dobrável, e comeram em silêncio. Mal tinham terminado a refeição, ouviram o telefone tocar. Ben atendeu, e quando terminara a conversa disse à srta. Goering e Jim que os três iam à cidade. O motorista olhou para ele, como quem sabe do que se trata.

— Não é longe daqui – disse Ben vestindo o casaco. – Virou-se para a srta. Goering: – Vamos a um restaurante – disse. – Você vai se sentar numa mesa separada enquanto eu trato de negócios com amigos. Se ficar muito tarde, vamos passar a noite num hotel, na cidade, onde costumo me hospedar. Jim vai trazer o carro de volta, e dormir aqui. Todo mundo entendeu tudo?

— Perfeitamente – disse a srta. Goering, encantada por sair daquele apartamento.

✶

O restaurante não era muito alegre. Ficava numa sala grande e quadrada, no primeiro andar de uma velha casa. Ben levou-a a uma mesa junto da parede e mandou-a sentar.

— Se quiser pode fazer algum pedido de vez em quando – disse –, e foi até junto de uns três homens parados num bar improvisado com finas ripas e papel machê.

Os fregueses eram quase todos homens, e a srta. Goering notou que, embora não estivessem malvestidos, não tinham ar distinto. Os três com quem Ben falava eram feios, de aspecto brutal. Ben fez um sinal a uma mulher sentada perto da mesa dela. A moça foi até ele, depois veio depressa até à mesa da srta. Goering.

— Ele manda dizer que vai demorar aqui, talvez mais de duas horas. Quer que eu providencie o que você desejar. Quer espaguete, ou sanduíche? Posso trazer o que você pedir.

— Não, obrigada — disse a srta. Goering. — Mas não quer sentar e beber comigo?

— Para ser franca, não — disse a mulher. — Mesmo assim, obrigada. — Ela hesitou um momento antes de se despedir. — Naturalmente eu gostaria que você viesse à nossa mesa, mas a situação é meio complicada. Somos todos bons amigos, e quando nos encontramos temos de fazer relatórios uns aos outros, sobre tudo o que aconteceu.

— Entendo — disse a srta. Goering, triste por vê-la se afastar, pois não queria ficar sentada sozinha ali, por duas ou três horas. Embora não estivesse ansiosa por ficar na companhia de Ben, o suspense de esperar todo aquele tempo com tão pouca distração era quase insuportável. Ocorreu-lhe que podia telefonar a alguma amiga e pedir que viesse tomar uma bebida no restaurante.

"Certamente Ben não pode objetar a que eu converse um pouco com outra mulher", pensou ela. Anna e a sra. Copperfield eram as duas únicas pessoas a quem conhecia bastante bem para convidá-las tão depressa. E preferiu a sra. Copperfield, achando que era mais provável ela aceitar aquele tipo de convite. Mas não sabia ao certo se a sra. Copperfield já voltara da sua viagem pela América Central. Chamou o garçom e pediu que a levasse ao telefone. Depois de fazer algumas perguntas ele a levou a um corredor ventoso e fez o chamado para ela. A srta. Goering conseguiu pegar a amiga em casa, que ficou terrivelmente excitada ao ouvir a voz dela.

— Irei voando imediatamente — disse à srta. Goering. — Nem lhe posso dizer como é maravilhoso ouvir você. Não faz muito tempo que voltei, sabe, e acho que não vou ficar.

Exatamente quando a sra. Copperfield lhe dizia isso, Ben entrou no corredor e arrancou o fone da mão da srta. Goering.

— Pelo amor de Deus, que negócio é esse? — perguntou.

A srta. Goering pediu à sra. Copperfield que esperasse um pouco.

— Estou telefonando para uma amiga — disse a Ben —, uma amiga a quem não vejo há bastante tempo. É uma pessoa animada, e achei que ela gostaria de vir tomar uma bebida comigo. Eu estava ficando sozinha naquela mesa.

— Alô — berrou Ben ao telefone —, você está vindo para cá?

— Naturalmente irei *tout de suite* — respondeu a sra. Copperfield. — Eu a adoro.

Ben pareceu satisfeito e devolveu o fone à srta. Goering, sem dizer palavra. Antes de sair do saguão, porém, anunciou à srta. Goering que não ia pagar por duas mulheres. Ela concordou e recomeçou a conversa com a sra. Copperfield. Disse-lhe o endereço do restaurante, que o garçom escrevera num papel, e despediu-se.

Cerca de meia hora mais tarde a sra. Copperfield chegou, acompanhada por uma mulher a quem a srta. Goering nunca vira antes.

Ficou assombrada ao ver a velha amiga. Estava terrivelmente magra, e parecia estar sofrendo de alguma erupção da pele. A amiga da sra. Copperfield era bastante atraente, achou a srta. Goering, mas seu cabelo crespo demais para o gosto dela. As duas estavam com roupas pretas, caras.

— Lá está ela — gritou a sra. Copperfield, agarrando a mão de Pacífica e correndo até a mesma da srta. Goering.

— Não posso lhe dizer como estou encantada por você ter telefonado — disse. — Você é a única pessoa do mundo a quem eu queria ver. Esta é Pacífica. Está comigo no meu apartamento.

A srta. Goering pediu que se sentassem.

— Olhe — disse Pacífica à srta. Goering —, eu tenho um encontro com um rapaz na cidade, bem longe daqui. É maravilhoso conhecer você, mas ele vai ficar nervoso e infeliz. Ela pode ficar falando com você e eu vou me encontrar com ele. Ela me disse que vocês são grandes amigas.

A sra. Copperfield pôs-se de pé.

— Pacífica — disse —, você tem de ficar aqui e tomar uma bebida antes. Isto é um milagre, e quero que faça parte dele.

— É tão tarde que vou me meter numa complicação dos diabos se não for embora agora mesmo. Ela não queria vir até aqui sozinha – disse Pacífica à srta. Goering.

— Lembre-se de que prometeu vir me apanhar depois – disse a sra. Copperfield. – Eu lhe telefono assim que Christina estiver pronta para ir embora.

Pacífica despediu-se e saiu correndo da sala.

— O que acha dela? – perguntou a sra. Copperfield à srta. Goering, mas sem esperar resposta chamou o garçom e pediu dois uísques duplos. – O que acha dela? – repetiu.

— De onde ela é?

— É espanhola, do Panamá, a personalidade mais maravilhosa que existe. Não damos um passo separadas. Estou absolutamente feliz.

— Mas eu acho você meio abatida – disse a srta. Goering, sinceramente preocupada com a amiga.

— Eu lhe conto tudo – disse a sra. Copperfield, inclinando-se sobre a mesa e parecendo de repente muito tensa. – Estou um pouco preocupada... não muito, porque não permitirei que nada aconteça se eu não quiser... mas estou preocupada porque Pacífica encontrou esse moço louro, que mora na cidade, e a pediu em casamento. Ele não fala quase, tem caráter franco. Mas acho que a enfeitiçou com seus elogios constantes. Subi ao apartamento dele com ela porque não queria que ficassem sozinhos, e ela fez a comida dele, duas vezes. É louco por comida espanhola, e come avidamente tudo o que ela faz.

A sra. Copperfield recostou-se para trás, e encarou intensamente os olhos da srta. Goering.

— Vou levá-la de volta ao Panamá, assim que comprar passagens num navio. – Ela pediu um uísque duplo. – Bom, mas o que achou dela? – insistiu.

— Talvez seja melhor você esperar, para ver se ela não quer casar com ele – disse a srta. Goering.

— Não seja louca – disse a sra. Copperfield. – Eu não posso viver sem ela, nem um minuto. Ia desmoronar completamente.

— Mas você já desmoronou, ou estou julgando você tão mal assim?

— É verdade, sim — disse a sra. Copperfield dando um soco na mesa, com ar maligno. — Eu desmoronei, sim, e queria fazer isso há anos. Sei que sou culpadíssima, mas agora tenho a minha felicidade, que vigio como uma loba, e agora tenho autoridade, e coragem que, se está lembrada, nunca tive antes.

A sra. Copperfield estava ficando bêbada, e parecia mais desagradável agora.

— Recordo — disse a sra. Goering — que você costumava ser meio tímida, mas muito corajosa. Seria preciso um bocado de coragem para viver com um homem como o sr. Copperfield, com quem imagino que não está vivendo mais. Eu a admirava muito. Não sei se admiro agora.

— Não me importa nem um pouco — disse a sra. Copperfield. — Sinto que você mudou, de qualquer modo, e perdeu seu encanto. Me parece muito chata e menos confortadora. Costumava ser tão graciosa, e compreensiva; todo mundo achava você meio maluca, mas eu a achava muito instintiva, e dotada de poderes mágicos. — Ela pediu outra bebida, e por um momento ficou ali sentada, refletindo.

— Você vai dizer que todas as pessoas são igualmente importantes — continuou ela numa voz muito clara, mas embora eu ame Pacífica muitíssimo, acho que é óbvio que eu sou mais importante.

A srta. Goering achou que não tinha nenhum direito de discutir o assunto com a sra. Copperfield.

— Entendo como se sente — disse —, e talvez esteja certa.

— Graças a Deus — disse a sra. Copperfield, e pegou a mão da srta. Goering. — Christina — suplicou —, por favor não me contrarie de novo, não posso suportar isso.

A srta. Goering esperou que a sra. Copperfield agora a interrogasse sobre sua própria vida. Tinha grande desejo de contar a alguém tudo o que lhe acontecera no último ano. Mas a sra. Copperfield tomava sua bebida em grandes goles, eventualmente despejando um pouco pelo queixo. Nem olhava para a srta. Goering, e ficaram sentadas dez minutos em silêncio.

— Eu acho — disse a sra. Copperfield finalmente — que vou telefonar a Pacífica e dizer-lhe que me apanhe em três quartos de hora.

A srta. Goering mostrou-lhe onde ficava o telefone e voltou para a mesa. Depois de um momento ergueu os olhos e viu que outro homem se reunira a Ben e seus amigos. Quando sua amiga voltou do telefone, a srta. Goering viu imediatamente que alguma coisa acontecera. A sra. Copperfield caiu na sua cadeira.

— Ela diz que não sabe quando vem, e se não estiver aqui na hora em que você quiser ir embora, quer que eu volte para casa com você ou bem sozinha. Agora aconteceu, não foi? Mas a beleza de tudo isso comigo é que estou a apenas um passo do desespero o tempo todo, e sou uma das poucas pessoas que conheço que poderiam com a maior facilidade cometer um ato de violência.

Ela acenou com a mão sobre a cabeça.

— Atos de violência geralmente se cometem com facilidade — disse a srta. Goering. A essa altura estava completamente enojada da sra. Copperfield, que se ergueu da cadeira e caminhou até o bar num zigue-zague. Lá sentou-se, tomando um drinque atrás do outro sem voltar sua cabecinha quase totalmente escondida pela imensa gola de peles de seu casaco.

A srta. Goering foi até junto da sra. Copperfield só uma vez, pensando poder persuadir a amiga a voltar para a mesa. Mas a sra. Copperfield lhe mostrou um rosto furioso e manchado de lágrimas, e jogou os braços para o lado, batendo no nariz da srta. Goering, que voltou ao seu lugar segurando o nariz.

Para sua grande surpresa, vinte minutos depois Pacífica chegou acompanhada do namorado. Apresentou-o à srta. Goering, e correu para o bar. O rapaz ficou parado de mãos nos bolsos, e olhou em torno, bastante desajeitado.

— Sente-se — disse a srta. Goering. — Achei que Pacífica não vinha.

— Ela não vinha mesmo — disse ele bem devagar —, mas depois resolveu que viria porque estava preocupada, com medo de que a amiga ficasse nervosa.

– Receio que a sra. Copperfield seja uma mulher muito tensa – disse a srta. Goering.

– Sei disso muito bem – respondeu ele, discretamente.

Pacífica voltou do bar com a sra. Copperfield, que agora estava terrivelmente alegre e pedia bebidas para todo mundo. Mas nem o rapaz nem Pacífica aceitaram. O rapaz parecia muito triste, e logo se desculpou dizendo que apenas pretendera acompanhar Pacífica até o restaurante, e depois voltar para casa. A sra. Copperfield resolveu acompanhá-la até a porta, batendo na mão dele todo o tempo, e tropeçando tanto que ele foi obrigado a passar o braço pela cintura dela, para que ela não caísse. Enquanto isso, Pacífica inclinou-se para a srta. Goering.

– É terrível – disse ela. – Essa sua amiga é um bebezinho! Não a posso deixar nem por dez minutos, porque quase lhe parte o coração, e ela é uma mulher tão, boa, e generosa, com um apartamento tão lindo, e roupas maravilhosas. O que farei sem ela? É como um bebezinho. Tentei explicar isso ao meu namorado, mas não posso na verdade explicar isso a ninguém.

A sra. Copperfield voltou e sugeriu que todos fossem a outro lugar para comer.

– Não posso – disse a srta. Goering baixando os olhos. – Tenho um encontro com um cavalheiro. – Ela teria gostado de falar um pouco mais com Pacífica. De alguma maneira Pacífica lhe lembrava a srta. Gamelon, embora Pacífica fosse uma pessoa muito mais agradável, e fisicamente mais atraente. Nesse momento, ela notou que Ben e seus amigos estavam vestindo seus casacos e preparando-se para ir embora. Ela hesitou só um segundo, depois despediu-se apressadamente de Pacífica e da sra. Copperfield. Estava mesmo ajeitando o xale nos ombros quando, para surpresa sua, viu os quatro homens caminharem rapidamente até a porta, passando pela sua mesa. Ben não lhe deu nenhum sinal.

"Ele deve estar voltando", pensou ela, mas resolveu ir até o saguão. Não estavam lá, de modo que ela abriu a porta e parou-se na soleira. Dali viu-os todos entrando no carro preto de Ben. Este foi o último a entrar, e no momento em que pôs o pé no estribo virou-se e viu a srta. Goering.

— Ei — disse ele —, tinha me esquecido de você. Tenho de ir meio longe para um negócio importante. Não sei quando volto. Adeus.

Depois fechou a porta do carro, e partiram. A srta. Goering começou a descer os degraus de pedra. A longa escada lhe parecia curta, como um sonho que se recorda muito tempo depois.

Ficou parada na rua, esperando que alegria e alívio a dominassem. Mas logo percebeu dentro de si uma tristeza nova. Sentiu que sua esperança perdera, definitivamente, uma forma infantil.

"Certamente estou mais próxima de me tornar santa", refletiu ela, "mas será possível que parte de mim, que não consigo ver, esteja apenas amontoando pecado sobre pecado tão depressa quanto a sra. Copperfield?" A srta. Goering achou que era uma possibilidade interessante, mas sem importância.

Sobre a autora

JANE BOWLES (1917-1973) nasceu Jane Auer, em uma rica família judia de Nova York. Um acidente quando montava a cavalo aos quinze anos seguido de uma tuberculose óssea a deixou com uma sequela na perna. A adolescente foi tratada em sanatórios na Suíça, onde conheceu a obra de Marcel Proust, André Gide e Louis-Ferdinand Céline, além da francesa Simone Weil, que seria uma de suas influências declaradas.

Voltando a Nova York ao final da adolescência, viveu a vida boêmia-intelectual do Greenwich Village. Em 1937, conheceu o então compositor Paul Bowles. Os dois se casaram no ano seguinte – uma união não convencional, já que ambos eram bissexuais e mantinham relacionamentos com outras pessoas, que duraria até a morte de Jane. Na lua de mel viajaram para a América Central. Em seguida, para o México e Paris. No México, Jane conheceu uma divorciada de 42 anos, Helvetia Perkins, com quem teve um relacionamento amoroso.

Em 1943, em plena Segunda Guerra Mundial, publicou o que é hoje sua obra mais conhecida, o romance *Duas damas bem-comportadas*, dedicado a Paul, Helvetia e sua mãe. A obra teve uma recepção morna à época. Em 1947, Paul mudou-se para Tânger, no norte da África, no que foi seguido por Jane. Permaneceram no Marrocos por duas décadas e meia. Em 1949, Jane publicou seu conto mais festejado, "Camp Cataract". O romance *O céu que nos protege*, publicado por Paul também em 1949, de origem autobiográfica, retrata muitas das experiências vividas pelo casal no Marrocos. Em 1957, aos 40 anos, teve um derrame que a deixou com sequelas permanentes. Morreu aos 56 anos, numa clínica em Málaga, na Espanha.

L&PMCLÁSSICOS**MODERNOS**

Antologia poética – Anna Akhmátova
Duas damas bem-comportadas – Jane Bowles
Dublinenses – James Joyce
Ao farol – Virginia Woolf
O futuro de uma ilusão seguido de *O mal-estar na cultura* – Sigmund Freud
Medo e delírio em Las Vegas – Hunter S. Thompson
Misto-quente – Charles Bukowski
Nada de novo no front – Erich Maria Remarque
Os subterrâneos – Jack Kerouac
O último magnata – F. Scott Fitzgerald
Últimos poemas – Pablo Neruda

lepmeditores
www.lpm.com.br
o site que conta tudo

IMPRESSÃO:

PALLOTTI
GRÁFICA

Santa Maria - RS | Fone: (55) 3220.4500
www.graficapallotti.com.br